谷川俊太郎詩選集 3

谷川俊太郎
田　原 編

集英社文庫

谷川俊太郎詩選集　3　目次

谷川俊太郎詩選集 1 収録詩集

『二十億光年の孤独』 1952
『十八歳』 1993
『六十二のソネット』 1953
『愛について』 1955
『絵本』 1956
『愛のパンセ』 1957
『あなたに』 1960
『21』 1962
『落首九十九』 1964
「その他の落首」 1968
「未刊詩篇 1961〜1964」 1965
『日本語のおけいこ』 1965
「祈らなくていいのか」 1968
『旅』 1968
『うつむく青年』 1971
『ことばあそびうた』 1973
『空に小鳥がいなくなった日』 1974

解説――野中柊
谷川俊太郎　年譜
収録詩集装幀選

谷川俊太郎詩選集 2 収録詩集

『定義』 1975
『夜中に台所でぼくはきみに話しかけたかった』 1975
『誰もしらない』 1976
『由利の歌』 1977
『タラマイカ偽書残闕』 1978
『質問集』 1978
『そのほかに』 1979
『コカコーラ・レッスン』 1980
『ことばあそびうた また』 1981
『わらべうた』 1981
『わらべうた 続』 1982
『みみをすます』 1982
『日々の地図』 1982
『どきん』 1983
『対詩 1981.12.24～1983.3.7』 1983
『スーパーマンその他大勢』 1983
『手紙』 1984
『日本語のカタログ』 1984
『詩めくり』 1984
『よしなしうた』 1985
『いちねんせい』 1988
『はだか』 1988

解説——高橋源一郎
谷川俊太郎 年譜

谷川俊太郎詩選集　3

『メランコリーの川下り』より

メランコリーの川下り

東むきと西むき
ふたつの窓を開け放っておくと……夜
空気が……忍び足で入ってきて
部屋の中をそっとうかがい……また
出て行く気配がする……

何かをもってきたのか……それとも
何かを……もち去ったのかさだかではないが……

＊

陽にさらされた木工場に人はいないが……

——一九八八年　思潮社

誰かが……その場所を見つづけていた

小石の上に青虫がよじのぼろうとしていて
音もなく雨が降っていた……ある日のもっと前
身も凍る恐怖の……もっと前
言葉のもっと前から……

誰かが知っていた……
その場所がやはり……その場所でしかないことを

＊

目があって重なりあう木々の緑を見ているのに
耳があってチェインソーの唸《うな》りを聞いているのに
鼻があって分厚い日曜版の新聞の匂いをかいでいるのに
自分には……内面しかないと思う
そこですべては区分され変形され……夢見られ……

世界とは似ても似つかない……明るさの中に
一筋のまことの闇が射してくる

＊

何が……欲しいのか……分からないまま
欲しいという気持ちが……うずき
地面の下にあるものを見ようとして
……土を掘り

死んだ犬を埋めた

＊

たとえ……言葉をもっていたとしても
蝶は……人に話しかけない……
でも蝶は形をもっていて
ためらいがちに……人を

言葉へと誘う……

ひとつの言葉から……その言葉の奥の……
もうひとつの言葉へ……さらにまたその奥の
……言葉へと……いつまでも

＊

新しい広い道路が枯れ草の生い茂る丘にむかって
突然終わっていて
そのむこうでは多分……
道化がタンバリンを打ち鳴らしている

そして彼にも……
小学生の娘がいる

＊

数えきれぬ晴天に恵まれて、人類はここまでやってきたのだ。
宇宙にはどんな善意もないが、悪意もまたありはしない。
ただ隅々までびっしりと細部の詰まった、巨大な空白があるばかり……

*

電柱は電柱のふりをして
何食わぬ顔で立っている

立っているがいいのだ
電柱は世界がどうなってもかまわないのだから
その光景はユーモラスでさえある

*

「海を渡ってきた商人は、王妃の陰部から目をそらした。彼の視線は王妃の細い首に飾られた黄金にそそがれ、その耳は僧たちのささやく噂話へと傾けられる。その平静にひそむものを、王は憎んだ」

＊

男のきれいに髭《ひげ》を剃った穏やかな笑顔が、赤ん坊にむけられ、窓の外の運河にむけられ、また赤ん坊にかえってくる。自分が知らずに賛《ほ》め称えているものを呪っている他人がいることに、彼は気づいているだろうか。

感情と感情の戦いは無言のうちに行われる。

＊

鱗《うろこ》をもたないから人は這うのが得意ではない
蛇の素早い動きを心の中でなぞることが出来るだけだ

人は舌も出さずに二本の足で佇《たたず》む
そしてしゃがむ……
やがて……横たわる

＊

子等《こら》の合唱の声は日なたの匂いがして
あっという間に空気に溶けてしまう
残っているのは旋律ではない
……なまあたたかい息だ
おとなたちの目の前に浮かび上がる
決して触れることの出来ない感情のホログラム……

＊

空気が恥ずかしげもなく顔を火照《ほて》らしている……
音楽はいつも終わってしまう
終わるくらいなら始まらなければよかったのに

女のあのときの声そのままに
ヴァイオリンは高みへ高みへとかすれていった
もう聞こえないその音のせいで……静寂は失われ
耳はきりなく渇きつづける

＊

目の前の板壁の木目に浮かぶひとつの顔……
小さな目……曲がった鼻……歪《ゆが》んだ口……
泣くのと怒るのと笑うのとが
いっしょくたになって
時の繊維が……織り上げた顔……

＊

明日はかいもく分からない

自分が死ぬということの外《ほか》は
それもどんな死にかたか知れたもんじゃない

昨日はもう忘れた
残っているのは都合のいい解釈だけ

今日だけがいま目の前にいるおまえの
浮かぬ顔のおかげでまぶしい
眉間のしわもくしゃくしゃの髪も
うつろう気分の確かさを告げて
今日はまだ辛うじて
ひとつの形を保っている

*

感情は何も学ばないし何も蓄えない
そして理性は……学びすぎる

春は来るだろう
心が眠ったままで……自分の力を試す今

＊

にこりともしない正義は、ほくそ笑む不正より無気味だ。
笑うことが出来さえすれば、人は生きていける。

微笑が気恥ずかしければ、苦笑のうちに息を引き取るのもいいだろう。

＊

夕暮れ……家々は静まりかえっている
めぐらされた塀の内側には……どんな思想の気配もない……
理由もなくふくらんでゆく欲望すら
今は息をひそめていて……
明日へと今日をやり過ごすために

……閉じられた扉の奥で
女が白いビニール袋から……こんにゃくを取り出している

＊

目ヲサマスノガオックウダ
夢タドルノガオックウダ
木々ノ緑ニ目ヲ遊バセテ
空ニ絶エ入ル息ヲ吐ク

飯ヲ食ウノガオックウダ
手紙読ムノガオックウダ
人ガ歩イテイルノヲ見ルト
思ワズ知ラズ目ヲソラス

音楽聞クノガオックウダ
糞《クソ》ヲスルノガオックウダ

オックウダケドオックウト
書ケルカラダノ摩訶《マカ》不思議

＊

utu と打てば一瞬にして
鬱……という文字が現れる
もう筆順の迷路をたどる必要はない

筆勢の風は止み
文字の檻《おり》に囚《とら》われて……

だが格子に沿い絶えず歩き回っている
足跡のもつれを読もうとして

＊

……今ここにいる鬱陶《うっとう》しさを

どうしても忘れることが出来ない……
だがその感情がなければ……世界は見えなくなる

風に揺れる木々は大きなかたまり
すれちがう女の顔は……
すべての知識は……のっぺりと重苦しいかたまり

表面で言葉は水玉のように弾き返される

＊

言葉は……ひとつの出口にすぎない
そのむこうに人っ子ひとりいない午後の干潟が
どこまでもひろがっていようと
悪意にみちた笑顔がのぞいていようと……
出ていけさえすれば……月日を数えることも出来る

胎児のように丸まったからだは……言葉を待っている
どこから来るのか分からない言葉を
羊水の宇宙に漂いながら……
言葉は……ひとつの入口にすぎない

＊

書物は言葉の隠れ家だ。口に出せない言葉もページを開けば、ふてぶてしく隊伍を組み大声をあげる。恥ずかしげもなく身をくねらせてささやきかける。言葉はヴィールスのように人を侵しつづけ、沈黙という抗体すらもう役に立たない。書物はパンドラの箱、だが今さらページを閉じても手遅れだ。言葉に魂を吸い取られて、人はゾンビのようにさまよっているではないか。

＊

乳房は……もっと多くを知ってる
それを握りしめる手よりも……

それを……みつめる目よりも
悲しみのあまり打つことをやめた
……心臓よりももっと
多くを……

＊

機械ヨ働イテオクレ
豆粒ホドノ機械ハ音モナク
小山ホドノ機械ハ轟々《ゴウゴウ》ト
夜モ眠ラズニ働イテオクレ

人々ノ萎《ナ》エタ手足ニ代ワッテ
サラニ新シイ機械ヲ造ッテオクレ
人々ノカスム目ニ代ワッテ
眩《マバユ》イ未来ヲ夢見テオクレ

人々ノ呆《ホウ》ケタ頭ニ代ワッテ
無限ヲ計算シテオクレ

機械ヨイツマデモ働イテオクレ
疲レタ人々ヲ休マセテオクレ
人々ノ死ニ絶エタアトモ働キツヅケ
イツノ日ニカヒトリノ
ピカピカ輝ク赤ン坊ヲ生ンデオクレ

*

跳ねている一匹の仔猫が
想像力の中で錆《さ》びついて軋《きし》んでいる
咲いていた一輪の水仙が枯れると
心の中で無数の花が開いてしまう

かけがえのないものはすべて
言葉と影像によって複製され……
地球は目もあやな絵葉書を商う
賑やかな土産物屋

＊

詩はほんの一瞬でも……
あの若葉の……葉先に触れたことがあったろうか……
だがもし触れていたら……枯らしただろう
詩は……
小さな子どもの指ほどの暴力さえふるえないのに

＊

……書くために
書かないでいることを学び……

書く……ために
もう一度初めから……
書きかたを覚える

その学校には誰も……いない
ざらついた木の床に……
陽が射していて
遠くからかすかに……おまえの声が
聞こえているだけで……

『魂のいちばんおいしいところ』より　　　　——一九九〇年　サンリオ

木星の岸辺

どうしてぼくはここにいるの?
にわかに幼い子どもが問うのである
口のまわりに黄粉《きなこ》をくっつけて

窓の外では羽根つきの音がして
光はあくまでおだやかだが
おとなはうろたえ意味なく笑い

まるで人っ子ひとりいない
木星の岸辺にでも漂着したかのように
たとえようもなく寂しくなり

飛び去る時がどれだけ人を賢くするか
魂は満ちることを知らぬ穴ぼこ——
あわてて子どもを福笑いに誘うのである

遠くから見ると

驚いたことに遠くから見ると
地球はちっとも疲れてるように見えない
まだ手おくれじゃないんじゃないか
今のうちに人類が滅びさえすれば
きっと地球は天命をまっとう出来る

もし本当に地球が大切なら
野牛やシロナガスクジラに譲ったほうがいい

セイタカアワダチソウを茂るにまかせ
砂漠を吹きすさぶ風にまかせ
レミングを崖から身投げするにまかせる

そうすれば地球は月のように冷たく美しく
ゆっくりと滅びていけるだろう
ぼくらは余計な世話を焼きすぎる
自分たちの住む星を愛するあまり
暖かい大気のねんねこで地球を甘やかす

人間がひとりもいない地球を夢見ること
むしろそれがすべての始まり
そこに死を見るのは思い上がりだ
木々の間をシマリスが跳ね回っているのに
大空に禿鷹《はげたか》が舞っているのに

やわらかいいのち
――思春期心身症と呼ばれる少年少女たちに

1

どうしたらいいの
どうしたらいいの
問いかけるあなたの言葉が
私の中に谺《こだま》する
答のない私の中に――
どうしたらいいの
どうしたら
私の中にあなたがいる
ひっそりとひとりで立ちつくしている
心はもつれあった灰色の糸のかたまり
だがその糸が私とあなたをむすんでいる
どうしたら

どうしたらいいの
問いかけることであなたは糸の端を
しっかりと握りしめている

2

あなたが歩くことのできるのがおどろきだ
あなたがごはんを食べるのが
歯をみがくのが私にとっておどろきだ
あなたのふたつの眼から
涙のにじみ出てとまらないのがおどろきだ
あなたは海をみつめて放心している
その顔にかくされた美しさがおどろきだ
そしてもしもあなたが死ぬとしたら……
死ねるとしても——
そのことの中に私は
あなたのいのちの輝きを見るだろう

私たちの生きる証しを見るだろう

3

怒りながら哀しんでいる
戸惑いながら決意している
突き放しながらしがみついている
ひとつの顔
世界中でたったひとつのあなたの顔
その顔はかくしている
誰にも読みきれない長い物語を

拒みながら待っている
謝りながら責めている
途方に暮れながら主張している
ひとつの背中
かたくなにみずからを守るあなたの背中

その背中は呟いている
自分にもつなげないきれぎれな物語を

4

どこへ帰ろうというのか
帰るところがあるのかあなたには
あなたはあなたの体にとらえられ
あなたはあなたの心に閉じこめられ
どこへいこうとも
あなたはあなたに帰るしかない

だがあなたの中に
あなたの知らないあなたがいる
あなたの中で海がとどろく
あなたの中で木々が芽ぶく
あなたの中で人々が笑いさざめく

あなたの中で星が爆発する
あなたこそ
あなたの宇宙
あなたのふるさと

5

あなたは愛される
愛されることから逃れられない
たとえあなたがすべての人を憎むとしても
たとえあなたが人生を憎むとしても
自分自身を憎むとしても
あなたは降りしきる雨に愛される
微風《そよかぜ》にゆれる野花に
えたいの知れぬ恐ろしい夢に
柱のかげのあなたの知らない誰かに愛される
何故ならあなたはひとつのいのち

どんなに否定しようと思っても
生きようともがきつづけるひとつのいのち
すべての硬く冷たいものの中で
なおにじみなおあふれなお流れやまぬ
やわらかいいいのちだからだ

六月のうた

あの日もあなたを好きだったのに
あんなに哀しかったあの日

あの日も私は私だったのに
あんなに苦しかったあの日

あの日も空は青かったのに

あんなにうつろだったあの日
人気《ひとけ》のない公園で
いつまでもぶらんこに座っていたあの日
アルバムにないあの日
日記のつけられなかったあの日

いつかはあんなに忘れたかったのに
今は忘れてしまうことが怖しい——
あの日私は二十歳だった

魂のいちばんおいしいところ

神様が大地と水と太陽をくれた
大地と水と太陽がりんごの木をくれた

りんごの木が真っ赤なりんごの実をくれた
そのりんごをあなたが私にくれた
やわらかいふたつのてのひらに包んで
まるで世界の初まりのような
朝の光といっしょに

何ひとつ言葉はなくとも
あなたは私に今日をくれた
失われることのない時をくれた
りんごを実らせた人々のほほえみと歌をくれた
もしかすると悲しみも
私たちの上にひろがる青空にひそむ
あのあてどないものに逆らって

そうしてあなたは自分でも気づかずに
あなたの魂のいちばんおいしいところを

私にくれた

三つのイメージ

あなたに
燃えさかる火のイメージを贈る
火は太陽に生まれ
原始の暗闇を照らし
火は長い冬を暖め
祭の夏に燃え
火はあらゆる国々で城を焼き
聖者と泥棒を火あぶりにし
火は平和へのたいまつとなり
戦いへののろしとなり
火は罪をきよめ

罪そのものとなり
火は恐怖であり
希望であり
火は燃えさかり
火は輝く
——あなたに
そのような火のイメージを贈る

あなたに
流れやまぬ水のイメージを贈る
水は葉末《はずえ》の一粒の露に生まれ
きらりと太陽をとらえ
水は死にかけたけもののどをうるおし
魚の卵を抱き
水はせせらぎの歌を歌い
たゆまずに岩をけずり

水は子どもの笹舟を浮かべ
次の瞬間その子を溺れさせ
水は水車をまわしタービンをまわし
あらゆる汚れたものを呑み空を映し
水はみなぎりあふれ
水は岸を破り家々を押し流し
水はのろいであり
めぐみであり
水は流れ
水は深く地に滲《し》みとおる
――あなたに
そのような水のイメージを贈る

あなたに
生きつづける人間のイメージを贈る
人間は宇宙の虚無のただなかに生まれ

限りない謎にとりまかれ
人間は岩に自らの姿を刻み
遠い地平に憧れ
人間は互いに傷つけあい殺しあい
泣きながら美しいものを求め
人間はどんな小さなことにも驚き
すぐに退屈し
人間はつつましい絵を画き
雷のように歌い叫び
人間は一瞬であり
永遠であり
人間は生き
人間は心の奥底で愛しつづける
——あなたに
そのような人間のイメージを贈る

あなたに
火と水と人間の
矛盾にみちた未来のイメージを贈る
あなたに答は贈らない
あなたに　ひとつの問いかけを贈る

明日

ひとつの小さな約束があるといい
明日に向かって
ノートの片隅に書きとめた時と所
そこで出会う古い友だちの新しい表情
ひとつの小さな予言があるといい
明日を信じて

テレヴィの画面に現れる雲の渦巻き
〈曇のち晴〉天気予報のつつましい口調

ひとつの小さな願いがあるといい
明日を想って
夜の間に支度する心のときめき
もう耳に聞く風のささやき川のせせらぎ

ひとつの小さな夢があるといい
明日のために
くらやみから湧いてくる未知の力が
私たちをまばゆい朝へと開いてくれる

だが明日は明日のままでは
いつまでもひとつの幻
明日は今日になってこそ

生きることができる

ひとつのたしかな今日があるといい
明日に向かって
歩き慣れた細道が地平へと続き
この今日のうちにすでに明日はひそんでいる

『女に』より

——一九九一年　マガジンハウス

名

誰も名づけることは出来ない
あなたの名はあなた
この世のすべてがほとばしり渦巻いて
あなたのやわらかいからだにそそぎこむ
幼い私の涙も溶け始めた氷河も

谺

声はまわり道をした
あなたを呼ぶ前に声は沈んでゆく夕陽を呼んだ

森を呼んだ　海を呼んだ　ひとの名を呼んだ
けれどいま私は知っている
戻ってきた谺《こだま》はすべてあなたの声だったのだと

会う

始まりは一冊の絵本とぼやけた写真
やがてある日ふたつの大きな目と
そっけないこんにちは
それからのびのびしたペン書きの文字
私は少しずつあなたに会っていった
あなたの手に触れる前に
魂に触れた

唇

笑いながら出来るなんて知らなかった
とあなたは言う
唇はとても忙しい
乳房と腿のあいだを行ったり来たり
その合間に言葉を発したりもするのだから

……

砂に血を吸うにまかせ
死んでゆく兵士たちがいて
ここでこうして私たちは抱きあう
たとえ今めくるめく光に灼かれ

一瞬にして白骨になろうとも悔いはない
正義からこんなに遠く私たちは愛しあう

蛇

あなたが私のしっぽを呑みこみ
私があなたのしっぽに食らいつき
私たちは輪になった二匹の蛇　身動きができない
輪の中に何を閉じこめたのかも知らぬまま

墓

汗びっしょりになって斜面を上った
草の匂いに息がつまった

そこにその無骨な岩はあった
私たちは岩に腰かけて海を見た
やがて私たちは岩を冠《かんむり》に愛しあうだろう
土のからだで　泥の目で　水の舌で

死

私ハ火ニナッタ
燃エナガラ私ハアナタヲミツメル
私ノ骨ハ白ク軽ク
アナタノ舌ノ上デ溶ケルダロウ
麻薬ノヨウニ

『詩を贈ろうとすることは』より

――一九九一年　集英社

詩を贈ることについて

誰にもあげることはできないのだ
詩はネクタイとはちがって
私有するわけにはいかないから
書かれた瞬間から言葉は私のものでも
あなたのものでもなく万人のもの
どんなに美しい献辞を置いても
どんなに個人的な思い出を連ねても
詩を人目からかくすことはできないだろう
当の詩人のものですらないのだから
詩は誰のものでもありうる
世界が誰の所有でもないのに

すべての人のものであるのと同じように
詩は微風となって人々の間をめぐる
稲妻となって真実の顔を一瞬照らし出す
アクロスティックの技巧をこらして
愛する者の名をひそかに隠してみても
詩人の望みはいつも意味の彼方へとさまよい
おのが詩集にさえ詩を閉じこめまいとする
詩を贈ろうとすることは
空気を贈ろうとするのに似ている
もしそうならその空気は恋人の唇の間から
音もなくこぼれおちたものであってほしい
まだ言葉ではなくすでに言葉ではない
そんな魂の交感にこそ私たちは
焦がれつづけているのだから
こんなふうに言葉に言葉を重ねながら

木・誘惑者

木というものは誰に気がねもせずに
天を指さし葉を茂らせ
花を咲かせ実を落とし
年ごとに年輪を加えながら
人間が死んだあとまで長生きして
遠い未来に白骨のようになって
やっとこさ枯れてゆく途方もない奴だから
ゆめゆめ油断をしてはならない
その根は地下で私たちの魂を
しっかり摑んで離さない

その若葉はきらめく陽光を百千に砕いて
恋人たちをうっとりさせる

その幹は無骨な無表情で
どんな暴君の歴史にも知らん顔する
そしてその木陰はいつの世にも
旅人たちに極楽を夢見させる
木はその緑で
私たちの目を彼岸へと遊ばせ
その大きくひろげた枝で
私たちの騒々しい未来を抱きとり
その葉のさやぎで
私たちの耳に永遠の睦言《むつごと》をささやきかける

木は誰もあらがえぬ誘惑者だから
私たちは木を畏《おそ》れねばならない
木は人よりもずっと神に近いのだから
私たちは木に祈らねばならない

ふくらはぎ

俺がおとつい死んだので
友だちが黒い服を着こんで集《あつま》ってきた
驚いたことにおいおい泣いているあいつは
生前俺が電話にも出なかった男
まっ白なベンツに乗ってやってきた

俺はおとつい死んだのに
世界は滅びる気配もない
坊主の袈裟《けさ》はきらきらと冬の陽に輝いて
隣家の小五は俺のパソコンをいたずらしてる
おや線香ってこんなにいい匂いだったのか

俺はおとつい死んだから

もう今日に何の意味もない
おかげで意味じゃないものがよく分かる
もっとしつこく触っておけばよかったなあ
あのひとのふくらはぎに

老婆

ちょこなんとDKの椅子に座って
ばあさんはハイライトをふかす
「私は死なないような気がしますよ」
亭主と死に別れて四十六年
いまだに浮気された恨みは消えない
「あのひとは私を待ってるだろうけどね
待ちぼうけをくらわしてやるんです」
ばあさんのハイライトを抜きとって

高校生の孫がたずねる
「おばあちゃんいくつになったの?」
震える手でテーブルの蟻をひねり潰しながら
ばあさんは答える「三十五いや六かね
でも私は死にませんよいくつになっても」
開け放たれた窓のカーテンが微風にゆれ
遠くに富士が青くかすんでいる
ここはいったいあの世かこの世か
不死の人の目は明るく
不死の人の顔はしわくちゃだ

水

淀《よど》むものの深みに
流れてゆくものがある

湛《たた》えるものの底に
溢《あふ》れようとするものがある

透き通るものが
一夜にして濁る
形なく漂うものが
雫《しずく》となってしたたる

掌ですくう一杯の水に
私たちの生のすべてが映っている
その眩《まぶ》しさとその
身を切るような冷たさ

火

火をおくれ火を
闇の奥から声がする
火をおくれ火は明るいから
もつれあう枝々の蔭のけものみちを照らしだす
その同じ火が——
人の眼を灼く

火をおくれ火を
氷の下から声がする
火をおくれ火は暖かいから
あおざめた頬に血の色をよみがえらせる
その同じ火が——
人の骨を焼く

生まれて初めてすった燐寸《マッチ》
線香花火の束の間のひらめき
御堂のうすくらがりにゆらめく蠟燭《ろうそく》
はぜる銀杏《ぎんなん》の香ばしさ
煮えるブルーベリージャムの色
燃えつきた焚火《たきび》に残る燠火《おきび》

火はもはやいたるところにある
百円ライターと聖火リレー
護摩《ごま》とナパーム
熔鉱炉とお灸《きゆう》
火は夜明けにパンを焼き
夕暮れパン屋のふるさとの町を灰にする

火をおくれ火を

太古の洞穴から声がする
火をおくれ消えてしまわぬうちに
石の壁に浮かびあがる走る獣うずくまる獣
その同じ火を——
いま私も指先に捧げもつ

光

見ることを許して下さい
そして見えたものを名づけることを
形に溺れ色に淫《いん》し
そのあまりの美しさに
すべてを幻とすら思おうとする私たちに
もういちど見ることを許して下さい

見てしまったことを許して下さい
与えられた眼の限界を超えて
恐れ気もなく秘密をあばき
そのためにいつか跪《ひざまず》くことを忘れ
みずからの造り出した一瞬の閃光に
盲いようとする私たちを許して下さい

地

なんという痛みだろう
打ち据えられ抉《えぐ》られ
引き裂かれ削ぎおとされて
地は貌《かお》を得た

なんという痛みだろう

人はいないいなくていいと
その貌は語る
私たちにあらゆる感情を孕《はら》ませて

なんという痛みだろう
どんな私語も許さない
億年の過去億年の未来が
今ここに在る

あとがき

ここ十年ほどの間に、自分の詩が少しずつ変わってきたと思う。ひとつの書きかたに飽きて違う書きかたに移ることは、これまでも繰り返してきたが、今度の場合は書きかたというより中身の変化で、それは私自身の生活の変化に対応している。

父母の死、恋愛、離婚、自身の老い、日常生活の上での体験が否応なしに私を変えてゆき、詩もそれと無縁ではあり得ないことをあらためて感じる。かつてヴァレリーは詩と散文の違いを舞踊と歩行という比喩で説明したが、踊るにも歩くにも人は手を使い、足を用いる。そして手足を動かすのは人の心である。詩と散文の源にある心身と、心身がからみあう人間関係のほうにようやく私も目が向くようになった。

本集もまた編集を鈴木啓介さんに頼り、装幀を菊地信義さんにお願いした。そこここに書き散らしたものが、詩集というひとつの形をとると、自分にもよく見えなかったものが見えてくる。それもおふたりの力によるところが大きい。心からお礼申し上げる。

一九九一年三月

谷川俊太郎

『子どもの肖像』より　——一九九三年　紀伊國屋書店

しあわせ

わたしはたっています
おひさまがおでこに
くちづけしてくれます
かぜがくびすじを
くすぐってくれます
だれかじっと
みつめてくれます
わたしはたっています
きのうがももを
つねってくれます
あしたがわたしを

さらっていこうとします
わたしはしあわせです

いなくなる

わたしたちは
いつか
いなくなる
のはらでつんだはなを
うしろでにかくし
おとうさんにはきこえない
ふえのねにさそわれて
わたしたちは
いつのまにか
いなくなる

そらからもらった
ほほえみにかがやき
おかあさんにはみえない
ほしにみちびかれて

わらう

ずっとむかしのいまごろ
わたしはまだいなくて
あざみのはかげの
ひかりのつぶつぶだった
だけどみてたの
おかあさんのなみだを
わたしはしっていた
わたしもいつか

おかあさんのようになくだろうって
いくつことばをおぼえても
かなしみはなくならない
だからいまここにわたしはいて
おかあさんにわらいかけるの

なくぞ

なくぞ
ぼくなくぞ
いまはわらってたって
いやなことがあったらすぐなくぞ
ぼくがなけば
かみなりなんかきこえなくなる
ぼくがなけば

にほんなんかなみだでしずむ
ぼくがなけば
かみさまだってなきだしちゃう
なくぞ
いますぐなくぞ
ないてうちゅうをぶっとばす

かお

これはかみさまがつくったおめん
これをかぶるとこどもになれる
ないたってかわいいし
おこったってかわいいし
とんぼのはねむしったって
ゆるしてもらえる

でもおとながいなくなると
ぼくらはときどき
おめんをはずして
よるののはらへでかけてゆく
うまれずにしんだ
おねえちゃんをおこして
うしろのしょうめんだあれ

ぼく

ぼくはこどもじゃない
ぼくはぼくだ
ぼくはおとなじゃない
ぼくはぼくだ
ぼくはきみじゃない

ぼくはぼくだ
だれがきめたのかしらないが
ぼくはうまれたときからぼくだ
だからこれからも
ぼくはぼくをやっていく
ぼくはぜったいにぼくだから
なんにでもなれる
エイリアンにだってなれる

『世間知ラズ』より

——一九九三年　思潮社

父の死

私の父は九十四歳四ヶ月で死んだ。

死ぬ前日に床屋へ行った。

その夜半寝床で腹の中のものをすっかり出した。

明け方付添いの人に呼ばれて行ってみると、入歯をはずした口を開け能面の翁《おきな》そっくりの顔になってもう死んでいた。顔は冷たかったが手足はまだ暖かかった。

鼻からも口からも尻の穴からも何も出ず、拭く必要のないくらいきれいな体だった。

自宅で死ぬのは変死扱いになるというので救急車を呼んだ。運ぶ途中も病院に着いてからも酸素吸入と心臓マッサージをやっていた。馬鹿々々しくなってこちらからそう言ってやめて貰った。

遺体を病院から家へ連れ帰った。

私の息子と私の同棲している女の息子がいっしょに部屋を片付けてくれていた。監察病院から三人来た。死体検案書の死亡時刻は実際より数時間後の時刻になった。

人が集まってきた。

次々に弔電が来た。

続々花籠が来た。

別居している私の妻が来た。私は二階で女と喧嘩した。

だんだん忙しくなって何がなんだか分からなくなってきた。

夜になって子どもみたいにおうおう泣きながら男が玄関から飛びこんで来た。

「先生死んじゃったァ、先生死んじゃったよォ」と男は叫んだ。

諏訪《すわ》から来たその男は「まだ電車あるかな、もうないかな、ぼくもう帰る」と泣きながら帰っていった。

天皇皇后から祭粢料《さいしりょう》というのが来た。袋に金参万円というゴム印が押してあった。

天皇からは勲一等瑞宝章というものが来た。勲章が三個入っていて略章は小さな干からびたレモンの輪切りみたいだった。父はよくレモンの輪切りでかさかさになった脚をこすっていた。

総理大臣からは従三位というのが来た。これには何もついてなかったが、勲章と勲記位記を飾る額縁を売るダイレクトメールがたくさん来た。

父は美男子だったから勲章がよく似合っただろうと思った。

葬儀屋さんがあらゆる葬式のうちで最高なのは食葬ですと言った。

父はやせていたからスープにするしかないと思った。

*

眠りのうちに死は
その静かなすばやい手で
生のあらゆる細部を払いのけたが
祭壇に供えられた花々が萎《しお》れるまでの
わずかな時を語り明かす私たちに
馬鹿話の種はつきない

死は未知のもので
未知のものには細部がない
というところが詩に似ている
死も詩も生を要約しがちだが
生き残った者どもは要約よりも
ますます謎めく細部を喜ぶ

*

喪主挨拶

一九八九年十月十六日北鎌倉東慶寺

祭壇に飾ってあります父・徹三と母・多喜子の写真は、五年前母が亡くなって以来ずっと父が身近においていたものです。写真だけでなくお骨も父は手元から離しませんでした。それが父の母への愛情のなせる業だったのか、それとも単に不精だったにすぎないのか、息子である私にもはっきりしませんけれども、本日は異例ではありますが、和尚さんのお許しをえて、父母ふたりのお骨をおかせていただきました。母の葬式は父の考えで、ごく内々にすませましたので、生前の母をご存知だった方々には、本日父とともに母ともお別れをしていただけたと思っております。

息子の目から見ると、父は一生自分本位を貫いた人間で、それ故の孤独もあったかもしれませんが、幸運にかつ幸福に天寿を全《まっと》うしたと言っていいかと存じます。本日はお忙しい中、父をお見送り下さいまして、ありがとうございました。

＊

杉並の建て直す前の昔の家の風呂場で金属の錆《さ》びた灰皿を洗っていると、黒い着物に羽織を着た六十代ころの父が入ってきて、洗濯籠を煉瓦《れんが》で作った、前と同じ形で大変具合がいいと言った。手を洗って風呂場のずうっと向こうの隅の手ぬぐいかけにかかっている手ぬぐいで手を拭いているので、あの手ぬぐいかけはもっと洗面台の近くに移さねばと思う。

父に何かないかときくと大丈夫だと言う。そのときの気持はついヒト月前の父への気持と同じだった。場面が急にロングになって元の伯母の家を庭から見たところになった瞬間、父はもう死んでいるのだと気づいて夢の中で胸がいっぱいになって泣いた。目がさめてもほんとうに泣いたのかどうかは分からなかった。

世間知ラズ

自分のつまさきがいやに遠くに見える
五本の指が五人の見ず知らずの他人のように
よそよそしく寄り添っている

ベッドの横には電話があってそれは世間とつながっているが
話したい相手はいない
我が人生は物心ついてからなんだかいつも用事ばかり

世間話のしかたを父親も母親も教えてくれなかった

行分けだけを頼りに書きつづけて四十年
おまえはいったい誰なんだと問われたら詩人と答えるのがいちばん安心
というのも妙なものだ
女を捨てたとき私は詩人だったのか
好きな焼き芋を食ってる私は詩人なのか
頭が薄くなった私も詩人だろうか
そんな中年男は詩人でなくともゴマンといる

私はただかっこいい言葉の蝶々を追っかけただけの
世間知らずの子ども
その三つ児の魂は
人を傷つけたことにも気づかぬほど無邪気なまま
百へとむかう

詩は
滑稽《こっけい》だ

いつか土に帰るまでの一日

二人友達が来て三時半まで飲んでしゃべっていった
寝ようと思って小便しながら外を見たら
外はもう明るく小鳥が鳴き始めていた
こういう一日の終わりかたは久しぶりだ

日記を書きたかったが眠くて書けなかった
一日の出来事のうちのどれを書き
どれを書かないかという判断はいつもむずかしい
書かずにいられないことは何ひとつないのに
何も書かずにいると落ち着かないのは何故だろう

小便してからぼくは五時間ほど眠り　夢はすべて忘れ
起きてこうして日記の代わりの詩を書く
そうだ思い出した　友達のひとりは酔って
妻を尊敬しているが愛してはいないと繰り返し主張し
もうひとりは嫌いな作家の名を五人あげようとして三人しかあげられず
みんなで藍色のガラス鉢から桜んぼを食べた

一日はそうして終わったのだと信じたいがそうはいかない
残ったのは（そして失ったものも）言葉だけじゃないから

詩は言葉を超えることはできない
言葉を超えることのできるのは人間だけ
ゆうべぼくは涙が出るほど笑ったが
笑った理由を今日はきれいさっぱり忘れている

嵐のあと

若い落葉松《からまつ》の枝が折れて地面に散らばっている
嵐が北の海に抜けて雲が切れ始めた朝
生き残った蛾が網戸の内側でいつまでもはばたく

手紙が来た
男は不運を嘆いている
おそらく無数の小さな決断の誤りがその原因なのだ
しかし誤りっていったいなんだ

理性は誤るとしても感情はどうか
泉のように噴き出て尽きることのない感情は
たとえそれが人を破滅に導こうとも
正しい

白いしっくい壁に罅《ひび》が走っていて
極地の氷原に残された犬橇《いぬぞり》の跡のようだ
「いずこへ?・」と問うとき人はみな
心の底でその答を知ってる

強い陽の光が射してきた
この光景から学ぶべきことはひとつもない
ただそれに昔ながらの満足を覚える他に

夜のラジオ

半田鏝《はんだごて》を手にぼくは一九四九年製のフィルコのラジオをいじっている
真空管は暖まってるくせにそいつは頑固に黙りこくっているが
ぼくはまだみずみずしいその体臭にうっとりする

どうして耳は自分の能力以上に聞こうとするのだろう
でも今は何もかも聞こえ過ぎるような気がするから
ぼくには壊れたラジオの沈黙が懐かしい声のようだ

ラジオをいじることと詩を書くことのどっちが大事なのか分からない

まだ詩と縁のなかった少年のころに戻って
もういちど埃っぽい砂利道を歩いてみたいと思うが
ぼくは忘れている
まるで時間などないかのように女も友だちも

ただもっと何かを聞きたいもっと何かが聞こえるはずだと
ぼくは息をつめ耳をすませてきただけだ
入道雲が湧き上がる夏ごとの空に
家族が集《つど》うしどけない居間のざわめきに

生きることを物語に要約してしまうことに逆らって

夕立の前

椅子の上でからだを伸ばし犬みたいに夏の空気を嗅ぐと
今しがたぼくをあんなにうっとりさせたチェンバロの音色が
何かけしからん誘惑のようにも思えてくる
それというのもこの静けさのせいだ

静けさはいくつものかすかな命の響き合うところから聞こえる
虻《あぶ》の羽音　遠くのせせらぎ　草の葉を小さく揺らす風……

いくら耳をすませても沈黙を聞くことは出来ないが
静けさは聞こうと思わなくとも聞こえてくる

ぼくらを取り囲む濃密な大気を伝わって
沈黙は宇宙の無限の希薄に属していて
静けさはこの地球に根ざしている

だがぼくはそれを十分に聞いただろうか
この同じ椅子に座って女がぼくを責めたとき
鋭いその言葉の棘《とげ》は地下でからみあう毛根につながり
声には死の沈黙へと消え去ることを拒む静けさがひそんでいた

はるか彼方の雲から地上へ稲光りが走り
しばらくしてゆっくりと長く雷鳴が尾をひいた
人間がこの世界に出現する以前から響いていた音を
私たちは今なお聞くことが出来る

一篇

一篇の詩を書いてしまうと世界はそこで終わる
それはいまガタンと閉まった戸の音が
もう二度と繰り返されないのと同じくらいどうでもいいことだが

詩を書いていると信じる者たちはそこに独特な現実を見い出す
日常と紙一重の慎重に選ばれた現実
言葉だけかと言えばそうも言えない
ある人には美しくある人には訳のわからない魂の
言い難い混乱と秩序

一篇の詩は他の一篇とつながり
その一篇がまた誰かの書いた一篇とつながり
詩もひとつの世界をかたちづくっているが

それはたとえば観客で溢れた野球場とどう違うのだろうか

法や契約や物語の散文を一方に載せ
詩を他方に載せた天秤があるとすると
それがどちらにも傾かず時にかすかに時に激しく揺れながら
どうにか平衡を保っていることが望ましいとぼくは思うが
もっと過激な考えの者もいるかもしれない

一篇の詩を書く度に終わる世界に繁る木にも果実は実る
その味わいはぼくらをここから追放するのかそれとも
ぼくらをここに囲いこんでしまうのか
絶滅しかけた珍しい動物みたいに

鷹繋山

からだの中を血液のように流れつづける言葉を行わけにしようとすると
言葉が身を固くするのが分かる
ぼくの心に触れられるのを言葉はいやがっているみたいだ

窓を開けると六十年来見慣れた山が見える
稜線に午後の陽があたっている
鷹繋という名をもっているがそれをタカツナギと呼ぼうと
ヨウケイザンと呼ぼうと山は身じろぎひとつしない

だが言葉のほうは居心地が悪そうだ
それはぼくがその山のことを何も知らないから
そこで霧にまかれたこともなくそこで蛇に嚙まれたこともない
ただ眺めているだけで

憎んでいると思ったこともない代わりに
言葉を好きだと思ったこともない
恥ずかしさの余り総毛立つ言葉があるし
透き通って言葉であることを忘れさせる言葉がある
そしてまた考え抜かれた言葉がジェノサイドに終わることもある

ぼくらの見栄が言葉を化粧する
言葉の素顔を見たい
そのアルカイック・スマイルを

北軽井沢日録

小鳥たちは何故近づいてこないんだ
双眼鏡を片手に

もうずいぶん長い間ぼくは待ってる
やはり仲間はずれか
うたう歌が違うのか

そうなのさ
ぼくはいつの間にか
同じ歌を繰り返す退屈に我慢出来なくなった
ヒトという生きもの

結局ひとつ歌をうたっているに過ぎないのに
君たちの空から見れば

そこにはベンチがひとつ置いてあった
木のベンチがひとつ

七月三十一日

そのテラスに
誰も座っていないベンチ

何年も前にそこに座っていた男はもういない
朝霧のけむる中でラジオを聞いていた若い男
これから生きようとして
途方もなく広い世界を前にして
何ひとつ分からずに

苦しみはしたが彼は失望しなかった
悲しみもしたけれど

でも何が分かった？　とぼくは訊く
あの時聞いていた音楽がまだかすかに
夏の大気のうちに漂っている今

八月一日

老いさらばえて
洗いざらしのシーツにくるまって
追憶にふけっている彼が見える

その腹は赤ん坊のころに戻って
ぷっくり膨らみ
目は文字に愛想つかして
天井の木目をさまよい

きれぎれな幻
いくつかの親しい顔の
旅先で見た川岸の草むらの
忘れかけている名画の

窓から傾きかけた陽が射しこんで

そうそれだけはいつだって同じだった　　　　　　八月一日

子どもたちが美しい
間近でまっすぐにぼくをみつめ
また遠くの斜面を駆け上がってゆく子どもたち

すっぱだかの子どもたち
糊《のり》でごわごわのよそゆきを着た子どもたち
池にさざなみが立っている
戦争はいつまでも終わらない

やがて彼らも老いるだろう
ひとりごとを呟きながら
だが今子どもたちは叫んでいる
叫びすぎたかすれ声で

丘の上から
ぼくにはもう理解出来ない言葉で

八月一日

知ってるか
詩にはさまざまな書きっぷりがある
カーヴァーの書きっぷり
カヴァフィスの書きっぷり
シェークスピアの書きっぷり
みなそれぞれに胸を打つ
ぼくは翻訳で読むだけだけれど
（ありがとう翻訳家の皆さん・名訳と誤訳の数々）

みんな死ぬまで自分の書きっぷりで書いた
書きっぷりはひとつの運命

だがぼくはいろんな書きっぷりに惑わされる
ひとつ　ふたつ　みっつ　よっつ……
そのどれもに夢中になり
そのどれもにやがて飽きてしまう
ドンファンみたいに

女に忠実
詩には不実？

だがもともと詩のほうが
人間に不実なものではなかったか

散文をバラにたとえるなら
詩はバラの香り

八月二日

散文をゴミ捨場にたとえるなら
詩は悪臭

ぼくもいつかリルケみたいに
本物のバラの刺《とげ》に指をさされて……
死ぬかと思えば
あつかましくも生きのびる

八月三日

太陽は光の網を張りめぐらす巨大な蜘蛛《くも》
捕えられてぼくはもがく

その快さが詩だとしたら
ヒトの手では救えぬものにぼくは執着している

八月十一日

「おれの曲に拍手する奴らを機銃掃射で
ひとり残らずぶっ殺してやりたい」と酔っぱらって作曲家は言うのだ

彼の甘美な旋律の余韻のうちに息絶える幸せな聴衆は
決して彼を理解しないだろう

だがぼくには分かる
自分が生み出したものの無意味に耐えるために
暴力の幻に頼ろうとする彼の気持ちが

ぼくらが創造と破壊の区別のつかない時代に生きているということが

八月十四日

我慢するしかないと思う
気にいらないすべてを

だってそれはそこにあるのだから
大昔から
どんなに言葉でごまかそうとしても

だからと言って唐突な喜びが消え失せてしまうわけでもないさ
ヒトはいつだってはみ出して生きてきたんだ
観念からも思想からも
たぶん神からも

八月十五日

蛙が古池に飛びこんだからといって世界は変わらない
だが世界を変えるのがそんなに大事か

どんなに頑張ったって詩は新しくはならない
詩は歴史よりも古いんだ
もし新しく見えるときがあるとすれば

それは詩が世界は変わらないということを
繰り返しぼくらに納得させてくれるとき
そのつつましくも傲慢《ごうまん》な語り口で

八月十五日

古今東西の詩集ばかりを集めた図書館に来て
ぼくはどうすればいいか分からない
戦争も恋も憎しみも根深い不安もあるのに
世界は全く違ったふうに見える
まるで天使の視線で下界を眺めているよう

いつ本物の散弾が飛んで来てぼくを撃ち落とすか
そればっかりが気になって
自分もまた凶器を隠していることをすっかり忘れている

八月十九日

天井と壁の合わさる隅に蜘蛛の巣がはっていて
でもそれを取り去る必要はないとぼくは判断する
蜘蛛の巣が邪魔にならない家だから

つまりヒト以外のいのちと同居していて苦にならない家
そりゃあ蚊は叩くし蜂なら逃げるが
この家は昔ながらのそういう家で

ぼくは気にいっている

ぼくらの土地に育った言葉は
おしゃべりを忌む

さらりと言ってのけて知らんぷりして
言葉に言葉を重ねたりせず

九月四日

ほんとはいつでも無言を目指して
歴史なんてなかったかのように
いつでも白紙で今を始めて

言葉で捕まえようとすると
するりと逃げてしまうものがある
その逃げてしまうものこそ最高の獲物と信じて

この土地に育つ言葉は
この土地に
生まれたぼくらを困らせる

九月四日

もうひとつのオーガズムがまたもやぼくを襲う
木もれ陽がモーツァルトと乳繰《ちちく》り合い

廃屋が喃語《なんご》を囁き
永遠が美しい化粧でぼくを欺《あざむ》く今

誰が仕掛けたとも知れぬその罠に
ぼくは繰り返しはまりこむ
自ら進んで

幻だと知ってはいても
ぼくはそこから逃れられない
余りにも甘美なその罠から

むしろいつまでもそこに捕えられていたいと思うが
罠はどんなユーモアもなしにぼくを突き放す
ユーモアだけが救いの
ぼく本来のヒトの世へ

九月五日

虚空へ

半年前に書いた自分の詩が懐かしいメロディみたいに思える
あの時と今との間の毎日にさまざまなことが起こって
ぼくはたしかにそこに身を置いて生きてきたのだが
詩はそこで起こった出来事を虚空へ抛《ほう》り出すかのようだ

ドレッシングの琥《こ》珀《はく》色の重い液体が緑のレタスにくっつく
きれいに磨かれたガラス窓のむこうを人々と車が音もなく通り過ぎる
白い薄いパンにはさまれた桃色の分厚いハム

とりどりの色が塗られた円板を回転させると白に見えるように
せめぎ合う現実が均衡を保って空白に近づくことがある
そういう瞬間を何度も生きてきた
こうしてコーヒーを飲みながらあるいはビールを飲みながら

ひとりで
エドワード・リアのリメリックに出てくるパルマのご婦人みたいに
人間から離れて静かに静かに静かになって

ぼくにとって詩は結局あやういバランスによって成り立つ
きわめて個人的な快楽の一瞬に過ぎないのかもしれない
それを書きとめる必要がどこにあるのか

だがホテルのコーヒー・ショップでぼくは走り書きする
クンデラの本のカバーの裏に
書くことをうとましく思いながら
心はまだ書かれていない詩のうしろめたい真実に圧倒されている

理想的な詩の初歩的な説明

世間からは詩人と呼ばれているけれども
ふだんぼくは全く詩というものから遠ざかっている
飯を食ったり新聞を読んだり人と馬鹿話をしている時に限らない
詩のことを考えている時でさえそうなのだ

詩はなんというか夜の稲光《いなびか》りにでもたとえるしかなくて
そのほんの一瞬ぼくは見て聞いて嗅ぐ
意識のほころびを通してその向こうにひろがる世界を

それは無意識とちがって明るく輝いている
夢ともちがってどんな解釈も受けつけない
言葉で書くしかないものだが詩は言葉そのものではない

それを言葉にしようとするのはさもしいと思うことがある
そんな時ぼくは黙って詩をやり過ごす
すると今度はなんだか損したような気がしてくる

詩の稲光りに照らされた世界ではすべてがその所を得ているから
ぼくはすっかりくつろいでしまう（おそらく千分の一秒ほどの間）
自分がもの言わぬ一輪の野花にでもなったかのよう……

だがこう書いた時
もちろんぼくは詩とははるかに距《へだ》たった所にいる

詩人なんて呼ばれて

『ふじさんとおひさま』より

ふじさんと　おひさま

ふじさんは　おおきい
おおきいから　しずかだ
ふじさんを　みると
こころも　しずかに　なる

おひさまは　あかるい
あかるいから　あたらしい
おひさまが　のぼると
こころも　あたらしく　なる

——一九九四年　童話屋

およぐ

みずがいやだって　ぼくないた
そしたら　めから　なみだがでてきた
へんだな　ぼくのなかにも
みずがある

みずがこわいって　ぼくないた
そしたら　のどが　かわいてきて――
へんだな　みずが
のみたくなっちゃった

あめ

あめがふると
つちの　においがする
あめがふると
あしのうらが　くすぐったい

あめがふると
まちが　しずかになる
あめがふると
むかしのことを　かんがえる

かみなり

そらはね
いつもは　がまんしてるけど
ときどき　すごく　おこるんだ
なきながら　おこるんだ

あれはね
こどもを　しかってるんじゃない
おとなを　しかっているんだよ
こいつめ　こいつめって

ひこうき

ひこうきの　つばさ
ナイフみたいだ
ごめんね　そら
いたいだろ

でも　がまんして
おとさないで
あかちゃんも
のっているから

うみ

おじさんは　あるあさ
うみへでていったきり
かえってきませんでした
うたのうまかった　おじさん

たけとんぼを　つくってくれました
おまつりに　つれてってくれました
ゴムながに　うろこがついてました
うみはなぜ　しらんかおしてるの

『モーツァルトを聴く人』より　　――一九九五年　小学館

人を愛することの出来ぬ者も

これが一番いいもの
澄みきった九月の青空には及ばないかもしれないが
もしかすると世界中の花々を全部あわせたよりもいいもの
束の間たゆたってすぐに大気に溶けこんでしまうけれど
その一瞬はピラミッドよりも永遠に近い

これが一番いいもの
渇ききったのどがむさぼる冷たい水とは比べられないにしても
炊きたてのご飯に海苔《のり》に卵に塩鮭と同じくらいいいもの
飢えた子どもがいることを忘れさせるほど無邪気で
ぼくらを人よりも天使に近づけてしまう恐ろしいもの

これが一番いいもの
罪つくりなぼくら人間の持ち得た最上のもの
看守にも囚人にも敵にも味方にもひとしく喜びを与えるそれが
神殿や城や黄金ではなくまして偽り多い言葉ではないことに
ぼくらはせめてもの満足を覚えてもいいのではなかろうか

これが一番いいもの
この短い単純きわまりない旋律が
ぼくは息をこらす　ぼくはそっと息をはく
人を愛することの出来ぬ者もモーツァルトに涙する
もしもそれが幻ならこの世のすべては夢にすぎない

問いと満足

ホテルの浴室はみな同じような匂いがする
いつも暑くもなく寒くもない
なまぬるいタイルを裸足で踏んで便器に座ると
自分がどこにいるのか分からなくなり
唐突に誰にともなく問いかけているのに気づく
ぼくらはいったい何をしてるんだ?

鏡に目の下のたるんだ脂肪とこけた頰がうつっていて
その顔はモンタージュ写真のようにぼやけている
無数の他人によって肉づけされた曖昧《あいまい》な表情
誰かがやったように人生を誕生・交合・死の三語で片づけるのは
墓に逃げこんでからでも遅くはない
ぼくは生きていて六十歳　もうそれともまだ?

今朝ホテルの前の通りで双子とすれちがった
ロボットみたいに同じ顔のじいさんふたりは
からだつきも歩きかたもそっくりで
個性なんていう発明をあざ笑っているかのようだった
人種も母語もちがうけれどぼくも君らに似ている
コピーとマンガとS・Fのこの時代に共に生きて

地下鉄の駅で見かけたばあさんは
おっぱいがおへそと等しい位置にあることが
まっ白いスエターの上からでも分かった
彼女の顔は陽気に輝いていて
人をからかい人にからかわれながら
何世紀も幸せに暮らしてきたのがよく分かった

ホームの壁にはられた巨大なポスターには

三歳で父親に強姦されたという中年男の写真が印刷されている
いったいどこまでが真実なのか　この世の混沌《こんとん》は精密だ
一週間有効のパスを買いこみ地下鉄に乗って都市の煉獄《れんごく》をうろつき
長いエスカレーターを上り下りしてぼくはしばし天国を訪れる
天使はいないとしても博物館にはＭＵＳＥがいる

教会のように高い天井から
昔の敵機スピットファイアがぶら下がっていて
その下にはレオナルドの空飛ぶ機械の素描
ここではすべてが展示され解説され
戦争と革命に加速された進歩と向上の神話がお経みたいに繰り返される
中学生の一団が床に座ってサンドイッチを食べている

五月の東京でぼくもかつて中学生だった
ぼくは錐《きり》であけたような小さなふたつの穴をみつめていた
ひとつはうんこの穴もうひとつはおしっこの穴

のっぺらぼうの顔　からだは赤ん坊のように手足を折り曲げ
鰹節《かつおぶし》みたいに黒くなめらかに硬直していた
ひろびろとした焼け野原のただ中で窮屈そうに

その小さな穴のひとつにこの世への抜け道が隠れていることを
もう知ってはいたけれど
そこを通って反対側へ帰っていきたいという
浅ましい郷愁がぼくに人々を忘れさせ
星々の荒野の片隅の孤独にぼくを自足させることに
その時ぼくはまだ気づいていなかった

宇宙飛行士たちはおしめをしている
母乳を吸うようにプラスチックの袋からスープを吸う
だが彼らもまた新しく誕生した者ではない
未来の真空の伝説から抜け出してきたフランケンシュタイン
ガラスケースの中で仁王立ちになっている

黒いヘルメットに顔を隠し　手に雛菊《ひなぎく》一輪もつこともできずに
丘を越える鳥たちにあこがれたあげく
無重量の中を漂う男たち女たち
おびただしい映像がぼくらから悪夢さえ奪ってしまう
磨き上げられた真鍮《しんちゅう》の顕微鏡と望遠鏡の中間で視線はうろつく
何を見ればいいのか
すべてが見えているのに

トルコ石と褐炭《かったん》と貝殻と黄鉄鉱のモザイクで飾られた頭蓋骨《ずがいこつ》が
ところどころ欠けた本物の歯を剝き
目はとび出した半球形の鉄の蓋《ふた》のよう
ぼくらのもろい骨の容器の内側には
太古から精巧なプラネタリウムが仕掛けられていて
投射される幻をその目が辛うじて閉じこめているのだ

もうひとつの頭蓋骨　こっちにはなんの飾りもない
死者の縁者によって持ち運ばれていたという
草で編んだ袋に入れられ真昼の太陽に照らされて
それは生者の腰でぶらんぶらん揺れていた
もしも愛する者が先に死んだら
ぼくもこのアンダマンの人々の真似をしたい

だが今やドクロもまた大量生産される
クメール・ルージュが築き上げたドクロの山を運ぶのは
ひとりの男でも女でもなく一台のブルドーザー
ぼくもまた生きているうちから番号で呼ばれ
一枚のカードとなって世界中を流通している
ぼくの名は3766-001862-33008　ぼくはいったいいくらなんだ？

ウクライナは核兵器を自分たちで管理する気だ
南ア連邦は果たして国際クリケット大会に出場できるか

妻を強姦した英国人が三年の刑をくらって上訴する
豪邸に住むテキサス男が理由もなく二十二人を射殺した
日本人は文化をすべてソフト・ウエアの名で一括する
ぼくのからだはハード・ウエア　得体の知れぬ漢方薬を呑み下す

太い血管の浮き出たたくましい手が放り出すハンマー
鉄板を鳴らして去る足のクローズ・アップ
煤《すす》だらけの怒った顔から止まった機械への早いカット
色もなく音もなく繰り返されるゼネスト
エイゼンシュテインは生き生きと閉じこめられている
マリリン・モンローと一緒の映像の動物園に

〈母は離婚のことは一切口にしませんでした
いつも仕事で忙しく動き回っていて
でも最後に堰《せき》を切ったように話してくれました
私はビデオ・カメラをテーブルの上で回し放しにしておきました

今編集中です　誰にも見せません〉
優雅に自然食を食べながらその娘は言った

〈三、四百本はあるんじゃないかな
木管はほとんどない金管だねやっぱり
博物館を作りたいんだけどどこも金出してくれないんだよね
女房とまずくなっちゃってねラッパにばかり夢中になってるから〉
民族博物館で蛇の形をしたホルンを
髭《ひげ》のトランペッターは食い入るようにみつめている

ルチアーノ・ベリオの隣人は道化でした
ページリーのベストに黄色い燕尾服のトロンボーン奏者は講義する
「セクェンツァ5」の主題は普遍的WHYですと吹いてみせ
コメディア・デラルテにつながる前衛音楽のあとで
彼はアボリジニーの呼吸法で自作を演奏する
夢が喚起するより深い現実という常套句にもめげずに

耳は夢見ることができないから音楽はいつも現実的だ
だがその現実はこの現実からなんと隔たっていることだろう
弱音器をつけた弦楽のなだらかな丘の上で愚者と賢者の別はない
こまかい金管のトレモロの海にはゴミひとつ浮いていない
長い拍手のあとでやっと立ち上がるタキシードの男たち
彼らは本当は眠っていたのだ　誰のものとも知れぬ天才たちの夜を

少女たちはここでも長すぎる袖の中に両手を隠して
ひよこのように甲高い母音を地下道に響かせている
サキソフォンを吹く青年の前に散らばる小銭
ぼくは恰幅《かっぷく》のいい老婆に金をせびられる
世間知らずと思われたくないという見栄が同情に勝って
ぼくは英語が分からないふりをする
錆《さび》色のビターの丈高いグラスが林立している

詩人たちは雨の中を自転車に乗ってやってくる
貧乏は今も誇り高い美徳
大小の批評のナイフを懐に隠し持って祭を待ち望む君らには
まだ脚韻が踏めるのか　そのディラン・トマスばりの声で
廃墟となった数々の城を原子力発電所とむすびつけられるのか

岸すれすれにまで水をたたえた小川がゆっくりと流れていく
黒い羊が散らばる小山が霧に見え隠れする
この風景のうちにいつまでもとどまりたいと願う画家の目に
羊飼いの少年の手の霜焼けは見えない
ぼくらはずっと以前から細部を見失いつづけている
ターナーの霧はすでに死の灰を予言していた

我々は惨禍の時代を生きていますと薄っぺらなパンフレットは叫ぶ
一九八〇年十一月のナポリの地震
一九八〇年夏のアメリカの熱波と旱魃《かんばつ》

一九七九年のカリブ海諸島のハリケーン・デービッド
一九七九年五月のシカゴ郊外の飛行機事故
彼等はみな死んだのです

そう　ぼくらはみな死ぬのだ
そうして突然歴史の外に投げ出される
ステンド・グラスは巨大な絵本
聖歌は昔習った小学唱歌のように耳に快い
内陣は観光客を拒んで柵と見習い僧によって結界《けっかい》されている
この厳粛な神に対抗するにはユーモアしかないだろう

クラナッハのエロスはものうげに横たわる
目を近づけると白い足指が今ここにあるようだ
噛んでやりたい
これは決して所有できないものの一部だから
昼食に食べた新鮮な牡蠣《かき》と同じように

理想を語らせずにぼくらを幸せにしてくれるもののひとつだから

長い午後　港には海鳥
酒場には強いRを響かせる土地の詩人たち
どの言語にも海・土・光・木を表す単語があるが
古代人が似ていたようには同時代の詩人たちは似ていない
けれどみなオルフェウスになりたいという野心は同じ
それはコンピュータを笑わせること泣かせること

かすかに潮の香がする町に地下鉄はない
有り難いことに荒野の下にはウィスキーを生む地下水が流れている
決して引き返すなとぼくは教える　異国の連衆に
目的地は分からないただそこへ行き着くだけだと
他人にむかって自分を開くことができさえすれば
思いもかけぬその道程で束の間言葉はぼくらを癒すだろう

遠くの造船所から槌《つち》の音が聞こえてくる
眩しげに陽光を顔に受けてたたずむ白髪の老夫婦
愛する指のように深く内陸を探る波ひとつない入江
この一日をすべての詩とひきかえにしてもいい
今日のあらゆる細部が死ぬまでぼくの記憶に残るなら
問いかけることは何もない　ただ満足することができるだけだ

一九九一年十月、ロンドン―オクスフォード―カーディフ―リバプール―エディンバラ―ウラプール

ラモーが小鳥の羽ばたきと囀りを聞いて

ラモーが小鳥の羽ばたきと囀《さえず》りを聞いて
何の苦もなくそれをクラヴサンに写しているとき
まだ生まれていなかったぼくはもうその曲を

木もれ陽の下の朝の食卓で聞いていた
ラモーとぼくの間に横たわる未知の海と暴風に阻《はば》まれる航海
戦いに血を流す男たちと嫉妬に逆上する女たちのことは
人間がでっち上げた時間に属していて
ラモーとぼくは笑いながらそれを重い歴史の本のページの間で押花にした

人はぼくらを裁くだろう
鋭い刃で粘る歴史を断ち切り
未生と後生をひとつに重ね合わせても
気が遠くなるような細部は後から後からこぼれ落ちてきて
そこに宿っているのは神ではなく人間
ラモーは神を畏《おそ》れるあまり神に近づいた
ぼくは神を信じようとして偽善者に近づくだけ

ラモーを苦しめたのは音楽ではなく金と女にちがいないと思うことが
生まれたあとのぼくのせめてもの慰めだ

コーダ

君は死にかけていてぼくはぴんぴんしてる
ぴんぴんしてるだけでぼくは君に対して残酷だが
もし君が死んで墓に入ってしまえば
今度は残酷なのは君のほうだ

君はもう利口ぶった他人に吐き気をもよおすこともないし
利口ぶった自分に愛想をつかすこともない
君の時間はゆったりと渦巻き
もうどこへも君を追い立てたりはしない

だが君が安らかだということがぼくを苦しめるのだ
もう君にしてやれることは何もないのに
なぐることもあやまることも出来ないのに
君はそんなにも超然としていてつけこむ隙もない
死後に残る悔いと懐かしさは君のものではなくぼくだけのもの

君が死んでしまえばぼくが何を思ってもひとりよがりになってしまう
しかしだからと言って君に死なないでくれと言えるだろうか
病院のベッドに無数の管でくくりつけられている君に

モーツァルトのぼくの大好きなコーダの一節のように
君はもうすぐ大気に消え去る
手でつかめるものは何ひとつ残さずに
もどかしい魂だけを形見に

浄土

ぼくはぼくであることから逃れられない
ふたつの目と耳ひとつの鼻と口の平凡な組み合わせを
ぼくは恐れ気もなく人前に曝《さら》してきた
それは多分ぼくに隠すべきものがあったから

汚れたタイルに囲まれた部屋で死んだばかりの友人に再会した時
彼は血と内臓を抜き取られ
難破した一艘のカヌーのように解剖台に打ち上げられていた
もう何も運ばず何も隠していなかった
ぼくらに残されたのは白日に見まがう蛍光灯の光だけ

闇よりも明るさのほうが恐ろしい
きらめく海を背にするとどんな醜いものも美しく見える

限りないものの前でぼくらは一粒の砂に帰る
耳に聞こえてくるのは罵声《ばせい》とも笑声ともほど遠い波音……

もし浄土とやらへ行ってしまったら
ぼくはどんな顔をすればいいんだろう
仏だか天使だかに何もかも見通されてしまったら

不死だったら失ったに違いないものをぼくは隠している
隠していることに自分でも気づかずに
人々の仏頂面に取り囲まれ死すべき命の騒々しさに耳をおおって
ぼくは初冬の木々の影のまだらの中にいる

モーツァルトを聴く人

モーツァルトを聴く人はからだを幼な子のように丸め

その目はめくれ上がった壁紙を青空さながらさまよっている
まるで見えない恋人に耳元で囁きかけられているかのようだ

旋律はひとつの問いかけとなって彼を悩ますが
その問いに答えることは彼には出来ない
何故ならそれはすぐにみずから答えてしまうから
いつも彼を置き去りにして

あまりにも無防備に世界全体にむけられる睦言《むつごと》
この世にあるはずがない優しすぎる愛撫
決して成就することのない残酷な予言
あらゆる *no* を拒む *yes*

モーツァルトを聴く人は立ち上がる
母なる音楽の抱擁から身を振りほどき
答えることの出来る問いを求めて巷《ちまた》へと階段を下りて行く

あとがき

音楽は昔から私にとってなくてはならぬものだった。今も私は時に音楽に縋《すが》らずには生きていけないと思うことがある。だが音楽に対する疑問もまた若いころから私にはあった。二十代ですでに私は音楽に淫《いん》することをみずから戒めていた。

ここに収めた作のほとんどは、前集『世間知ラズ』（思潮社・一九九三）と並行して書いていたものである。音楽に憧れながら詩を書いてきた私には、詩に対する疑問と音楽に対する疑問が、そのまま自分という人間に対する疑問に結びついている。その点で本集と前集は兄弟分みたいなものだろうと思う。

なお本集には本のみのものと、ＣＤが付属するものとがある。数篇の自作朗読とともにＣＤに収められた曲には、詩と直接に関わっているものもあれば、そうでないものもあって、それらが私の聴いて感動した音楽のすべてではないことは言うまでもない。私はただ自分が感じたものを、読者と頒《わか》ち合いたいと思ったに過ぎない。

一九九四年十月

『真っ白でいるよりも』より

――一九九五年　集英社

海の比喩

人が海を見るのではない
海が人を見ているのだ
太古から変わらぬきらめく目差《まなざ》しで

人が海を聞くのではない
海が人を聞いているのだ
水底にひそむ無数の貝殻の耳で

ひとすじの水脈《みお》をひき人は旅立つ
消え去ることのない水平線をめざして
大時化《おおしけ》と凪《なぎ》にもてあそばれながら

一組の箸と茶碗がいくつかの鍋が　そして
あふれ波立ちしたたり湛《たた》える感情が
女と男をむすぶだろう

だがそれらよりさらに深く強くふたりをむすぶもの
それは海というこの全《まった》いもの
飽くことなくくり返し尚美しいもの

人が海を歌うのではない
海が人を歌っているのだ
海が人を祝っているのだ

真っ白でいるよりも

1

自分がチェンバロになって
一晩中待っているのよ
もちろんモーツァルトを
まだ十二歳の
ほらそんなふうに
眠れないときってない？

2

愛ってのはころがってるのね
キッチンなんかにね
玉ねぎ刻んでて涙が出ると
思い出すわ

悲しみの理由は
いつもいつも愛だったって

3

生まれ変わったら鯨になりたい
海の中で歌って暮らすの
言葉は知らないの
でも歌はあるの
鯨の心は人間よりずっと大きいから
歌もいつまでも続くの

4

そうなんだよ
絵になる一瞬が大事なのさ
私そのために生きてる
だから私の写真一枚だけとっておいて

そいで思い出さずに空想して
私の一生を

5

まだ二十世紀なのね
未来ってなんてゆっくり来るんだろ
待ってらんないな
椅子に座ってるのもまどろっこしい
恋をするのも
夢を見るのもまどろっこしい

6

わざわざ迷子になりに行くの
巨大迷路に
ここがどこか今がいつか
分かりすぎるんだもん

それなのに不意に分からなくなる
地球儀なんか見てると

7

花が咲いてるでしょ
海鳴りが聞こえるでしょ
そよ風も吹いているでしょ
それだけで幸せって思ってしまうでしょ
だから私うしろめたいの
ひとりぼっちが

8

私は空から見られているのだわ
カラスに雲にトンボに天使に
空から見ると
意地悪も嫉妬も見えなくなって

私は私じゃなくなって
きっと地面に溶けている

9

マラケシュにいたときのこと聞きたい?
でもあなたはいなかったのだから
きっと退屈ね
マラケシュにも子どもがいたわ
黙りこくって立ってる子が
だからきっと愛もあったのね

10

嘘つくのって好きよ
まだ知らないほんとのことを
知ってるような気になれるから
でもほんとのほんとは

一瞬で過ぎ去る
いい匂いみたいに

11

男よりも木に抱かれたい
葉っぱに触ってほしい
枝に縛られたい
根っことからみあいたい
私は空にやきもちやくの
木は夜も空をみつめているんだもの

12

知ってた？
気持ちにはいろんな色がある
私あなたの色とまざってもいい
真っ白でいるよりも

きらいな花の色になるほうがまし
でしょ?

夕焼け

家に年寄りがいるのはいいことだ
あかんぼがいるのと同じくらいいいことだ

ふたつは似ても似つかないことのようでいて
実は一本のあざなえる縄の両端のようにそっくり

始まりがあって終わりがあるから
始まりもなく終わりもないものが見えてくる

その縄を輪っかにつなげて

そこからさかしらに人生をのぞくのはやめておこう
百年の長さもつ縄の
よじれねじれささくれくされ
神様ではないのだから
ぼくらはロバのように縄を噛む

甘い恋
しょっぱい子育て

苦い戦争
酸っぱい革命

人生をたらふく食ったあなたの顔は
優しさと厳しさとあきらめとしたたかさがまじり合い

しわの間にあかんぼの輝く無垢も
透けて見える

もういいかい
もういいよ

けれどあなたは目をつむったまま
木のうしろに隠れて月日を数えていたわけじゃない

百年のその一日一日をいろどったのは
青空と米と野菜といさかいと歌のとりどりの色

怒るがいい泣くがいい
叫ぶがいい黙りこむがいい

ひとりのあなたの魂の底にひそむものは
世界中のどんな大事件よりも巨大だ
だが今あなたの顔に浮かぶのは
残り少ない未来にむかう静かな微笑み
それはあなたの今日をぼくらの明日に生かすためのただひとつの贈り物
限りない宇宙の闇へと燃えあがる
美しい夕焼け

あかんぼがいる

いつもの新年とどこかちがうと思ったら

今年はあかんぼがいる

あかんぼがあくびする
びっくりする
あかんぼがしゃっくりする
ほとほと感心する

あかんぼは私の子の子だから
よく考えてみると孫である
つまり私は祖父というものである
祖父というものは
もっと立派なものかと思っていたが
そうではないと分かった

あかんぼがあらぬ方を見て眉をしかめる
へどもどする

何か落ち度があったのではないか
私に限らずおとなの世界は落ち度だらけである

ときどきあかんぼが笑ってくれると
安心する
ようし見てろ
おれだって立派なよぼよぼじいさんになってみせるぞ

あかんぼよ
お前さんは何になるのか
妖女になるのか貞女になるのか
それとも烈女になるのか天女になるのか
どれも今ははやらない

だがお前さんもいつかはばあさんになる
それは信じられぬほどすばらしいこと

うそだと思ったら
ずうっと生きてってごらん
うろたえたり居直ったり
げらげら笑ったりめそめそ泣いたり
ぼんやりしたりしゃかりきになったり

そのちっちゃなおっぱいがふくらんで
まあるくなってぴちぴちになって
やがてゆっくりしぼむまで

川

「細部を書かんか細部を！」本を読みながら彼女は叫んだ
誰の小説だったかは忘れたが表紙はモンドリアンそっくりで

ぼくらはソファに互い違いに寝ころんで本を読んでいたのだ
ぼくは男ってのはときに人生を要約したいという
止み難い欲求に駆られることがあるんだとかなんとか言って
ほら〈生きた愛した死んだ〉っていうのは誰の墓碑銘だっけと
水をむけたが彼女は猫みたいに唸《うな》っただけだった
そこでぼくは煙草に火をつけ心の中で自分に言った
細部ってのはリアルタイムのテレビ中継みたいなものさ
退屈っていやこんなに退屈なもんはない
せめて十年くらいの単位で人生を俯瞰《ふかん》してみたらどうだい
たとえ疲れて元気がなくてすっかりめげているにしても
そういう自分がユーモラスに見えるってこともある
すると彼女が言った「観念にはユーモアってもんがないね」
なんだか心のうちを見透かされたようでギョっとしたが
そのとき突然ぼくにこんな行が浮かんだのだ

藁《わら》たたき子をたたき

戸をたたき地をたたき
木のうろに神はおわすや
まぐわいの叫びよひびけ
いらえなき闇のかなたへ
手になごむ君が乳
耳に聞く川のおと

どうして唐突にぼくのからだが七五調にのってしまったのか
これもまた人生の観念的な要約にすぎないのか
それとも韻文には観念と同じように感情を解き放つ力があるのか
ぼくはしばらく待ってみたがもうつづきは出てこなかった
その代わりと言うのも変だがほんとに川の音が耳に聞こえてきた
窓から見える下の雑木林をくねくねと小さな川が流れているのだ
「ステーキ焼く」と決然として言い放ち
彼女が本をほうり出して太腿もあらわにソファから立ち上がった
そこでぼくはサンダルをつっかけて川へ下りてゆき

オランダガラシってやつをたっぷり摘んだ
摘みながら小声で詩みたいなことを呟いていた
今度は七五調じゃない

川はいつも流れているが
ぼくはときどき立ち止まる
石にひっかかったみたいに
そうして何か言おうとするのだが
うまく言えたためしがない
それはきっとぼくが川を好きだから
好きなもののそばにいると
ひとは口ごもる

スパイダーコイル

スパイダーコイルというものがあった
文字通り蜘蛛《くも》の巣のような形をしていて
そこに幾重にもエナメル被覆《ひふく》の銅線を巻いた
ぼくは中学一年で日本は戦争に負けかかっていた
何を聞きたかったんだろうぼくは

「海ゆかば」で始まる大本営発表ではなかった
甘い声のテノールが歌う軍歌でもなかった
だが雑音の中にぼくはかすかな人声を探しつづけた
飢えた蜘蛛が餌食《えじき》をあさるように
電波を捕えることに熱中していた

鉱石が真空管に変わりトランジスタになり

いつかぼくは技術の迷路で迷子になった
スイッチで武装したブラックボックスは玉手箱
開ければみんな浦島太郎になってしまう
何を聞きたいのだろう何が見たいのだろうぼくは

今きみの国できみが射たれ路上にくずおれるとき
ぼくは紅茶をすすりテレビにかじりついている
ぼくはきみに触れることが出来ずきみの血の臭いをかがない
捕えられているのはぼくらのほうかもしれない
地球をすっぽりと覆う見えない蜘蛛の巣

地球の客

躾《しつけ》の悪い子どものように
ろくな挨拶もせず

青空の扉をあけ
大地の座敷に上がりこんだ

私たち　草の客
木々の客
鳥たちの客
水の客

したり顔で
出された御馳走に
舌づつみを打ち
景色を讃《ほ》めたたえ

いつの間にか
主人になったつもり
文明の

なんという無作法

だがもう立ち去るには
遅すぎる
死は育むから
新しいいのちを

私たちの死後の朝
その朝の
鳥たちのさえずり
波の響き

遠い歌声
風のそよぎ
聞こえるだろうか
いま

あとがき

詩を書き始めたのが十八歳、今年私は六十四歳、四十六年のあいだ書き続けてきたことになるが、この道一筋というふうには感じない。だが、詩を書くのが習慣になっているような気はする。結婚式に招かれても、祝辞の代わりにお祝いの詩を読むことが多い。何か意見を求められても、詩の形で書くほうが言いたいことが言えると思う。どうも私は生まれつき詩人なのではないか、これは自惚《うぬぼ》れではなく自戒である。詩というものの、不人情につながりかねない「非人情」(『草枕』における漱石の言葉)に、私は苦しめられてもいるからだ。

集英社から出してもらっている詩集もこれで五冊目になった。いつものように編集と題名は鈴木啓介さんに、装幀は菊地信義さんに負っている。おふたりと、編集の実務に当たられた創美社の神さんとに、厚くお礼申し上げる。

一九九五年四月

谷川俊太郎

『クレーの絵本』より

——一九九五年　講談社

在るもの

かつてそれは
花と呼ばれた
しおれるまでの
短い時を

だが今
いつか無からにじみ出て
そこによみがえるものは
何か

ひとつの

魂の
輪郭の
なんという
苛酷な曖昧《あいまい》
死と紙一重で

線

おのずから
線は繁茂し
無をさえぎった
文字はほどけ
その意味するところの

ものに帰る

緯度はほどけ
新しいフローラが
世界をおおう

けれどほどいても
ほどいても魂は
もつれたまま…

死と炎　―― *Tod und Feuer 1940*

かわりにしんでくれるひとがいないので
わたしはじぶんでしなねばならない
だれのほねでもない

わたしはわたしのほねになる
かなしみ
かわのながれ
ひとびとのおしゃべり
あさつゆにぬれたくものす
そのどれひとつとして
わたしはたずさえてゆくことができない
せめてすきなうただけは
きこえていてはくれぬだろうか
わたしのほねのみみに

魂の住む絵

谷川俊太郎

クレーの絵に現れているものは、私たちがふだん目にしているものとは違う。たしかにそこには文字や人のかたちや植物らしきものが描かれてはいるが、それを言葉にしようとすると私たちはためらう。言葉で彼の絵をなぞることは出来ないと私たちは思う。クレーは言葉よりもっと奥深くをみつめている。それらは言葉になる以前のイメージ、あるいは言葉によってではなく、イメージによって秩序を与えられた世界である。そのような世界に住むことが出来るのは肉体ではない、精神でもない、魂だ。

クレーの絵は抽象ではない。抽象画には精神は住めても魂は住めない。言葉でなぞることは出来ないのに、クレーの絵は私たちから具体的な言葉を引き出す力をもっている。若いころから私は彼の絵にうながされて詩を書いてきた。ちょうどモーツァルトの音楽にうながされてそうしてきたように。「詩」は言葉のうちにあるよりももっと明瞭に、ある種の音楽、ある種の絵のうちにひそんでいる。そう私たちに感じさせるものはいったい何か、それは解くことの出来ない謎だ。

この本に収められた作のもっとも古いものは、私がまだ二十代の初めのころに書かれた。そのころからすでに私はクレーの絵の中に、日々の生活の現実からかけ離れていながら、人をそこに立ち戻らせる深い感情を見ていた。その後、ある出版社でクレーを絵本にする企画がもちあがったとき、私は自分でも思いがけないいくつかの短詩を書くことが出来た。それらは主として彼の絵の題名に触発されて出来たものだが、それらの題名もまた絵そのものと同じく、謎に満ちながら私のうちに喜怒哀楽とは違う名づけ難いある感情を呼び覚ましたのである。

結局は日の目を見なかったそのクレーの絵本が、今回初期作もふくめた新しい形で初めて実現した。それを喜ぶと同時に、私はクレーの残したものに対する畏敬の念をあらたにしている。

〔詩初出〕
「在るもの」「線」――『谷川俊太郎詩集』思潮社　一九六五年一月
「死と炎」――『夜中に台所でぼくはきみに話しかけたかった』青土社　一九七五年九月

『やさしさは愛じゃない』より

（ひんやり、ぬめっとしている、）

ひんやり、ぬめっとしている、
ごつごつでざらざらで、ぎらぎらする、
私、入ってゆけない、
中心はきっと溶けて熱くて
どろどろしてるのに、
でもそこには死んだ小さな粒々がいっぱい。

言葉なんてなければいいのに、
心なんてなければいいのに、
こいつらみたいに。

――一九九六年　幻冬舎

（また道がある、）

また道がある、
どこまで行っても道が続く、
まっすぐな道、曲がりくねった道、
行き止まりになってもすぐ引き返せる道。

私、道のない所に行きたい、
道を歩きたくない、
何もない所で迷ってしまいたい、ひとりで。

そしたらきっと、
あいつが遠くから歩いてくるのが見えるよ。

（ぺらぺら話しかけてくるのはいつもあいつ、）

ぺらぺら話しかけてくるのはいつもあいつ、
黙ってるのが怖いからさ。

私は聞く、
あいつの声を聞くんじゃない、
こぼれそうでこぼれない私の中のざわめき、
それはどんどん大きくなってゆく、
もう風のそよぎも小鳥のさえずりも聞こえないほど。

あいつは言葉で何か言えると思ってる、
言葉では、何も言えないと知っているから。

私は聞きとろうと耳をすます、

あいつがどこかに隠してるはずの、
静けさを。

（あんまり大きすぎるから、）

あんまり大きすぎるから、
からっぽとは思えない
空。

死んでもあっちへはのぼって行けない、
私は地面の下へ、下へ下へと行く、
スミレの根っこがからんでいるところ、
どろどろの岩が
ゆっくり固まって冷えこんでゆくところ、
何ひとつ見ずにすむところ。

『みんな　やわらかい』より

――一九九九年　大日本図書

あい

あい　口で言うのはかんたんだ
愛　文字で書くのもむずかしくない
あい　気持ちはだれでも知っている
愛　悲しいくらい好きになること
あい　いつでもそばにいたいこと
愛　いつまでも生きていてほしいと願うこと
あい　それは愛ということばじゃない
愛　それは気持ちだけでもない

あい　はるかな過去を忘れないこと
愛　見えない未来を信じること
あい　くりかえしくりかえし考えること
愛　いのちをかけて生きること

こっぷ

こっぷはひとりで　あるいていかない
だれかがながしへ　はこばなければ
あしたになっても　てーぶるのうえ
三ねんたっても　そこにいる
十ねんたっても　もとのまま

もしもせんそうが　おこらなければ
百ねんたっても　こっぷはたってる
どうぞうみたいに　いばりくさって
ほこりまみれの　くものすだらけで
からっぽなのも　わすれてしまって

ピアノをひくひと

ピアノをひくひとは　おととおとのあいだで
いきをつめて　まっていた
そのあいだに　うみのそこでこんぶはゆれ
おかのうえで　しかがふりむき
うらぎりものが　ころされた

つぎのおとが

ひとつのメロディを　はじめたとき
ピアノをひくひとは　なみだをながし
いっさんに　はしっていった
こどものころあそんだ　ゆうぐれののはらへ

しぬまえにおじいさんのいったこと

わたしは　かじりかけのりんごをのこして
しんでゆく
いいのこすことは　なにもない
よいことは　つづくだろうし
わるいことは　なくならぬだろうから
わたしには　くちずさむうたがあったから
さびかかった　かなづちもあったから
いうことなしだ

わたしの　いちばんすきなひとに
つたえておくれ
わたしは　むかしあなたをすきになって
いまも　すきだと
あのよで　つむことのできる
いちばんきれいな　はなを
あなたに　ささげると

がいこつ

ぼくはしんだらがいこつになりたい
がいこつになってようこちゃんとあそびたい
ぶらんこにのるとかぜがすうすうとおりぬけて
きっといいきもちだとおもう

ようこちゃんはこわがるかもしれないけれど
ぼくはようこちゃんとてをつないでいたい

めもみみもからっぽだけど
ぼくにはなんでもみえるしなんでもきこえる
がいこつになってもむかしのことはわすれない
かなしかったこと　おかしかったこと
ぼくはほねをならしてかたかたわらう

みんなはぼくをじろじろみるだろう
みんなはぼくをいじめるだろう
ぼくはもうしんでいるのだから
もうがいこつなのだから

でもぼくはへいきだ
ぼくはようこちゃんにがいこつのきもちをおしえる

いきているときにはわからなかったきもちをおしえる
もうおなかもすかないし
もうしぬのもこわくないから
ぼくはいつまでもいつまでもようこちゃんとあそぶ

きもちのふかみに ——*a song*

おとなのはなしをきくのがすきだ
じぶんのぐちにひとのわるくち
だれとだれとがくっついたとか
ぼうえきくろじがどうとかこうとか
なにがだいじかよくわからないけど
はなせばらくになるみたいだね

ぼくのはなしもきいてほしいな

おとなみたいにはなせないけど
やなことばかりがいっぱいなんだ
あそぶものにはこまってないけど
きょういきるだけであしたがないよ
どうしてなのかおしえてほしい

きもちのふかみにおりていきたい
そこにはにじもほしもないから
かえってこえはよくきこえるんだ
まっくらのなかでじっとしてると
おとなもこどももきっとおんなじ
こわいこともたのしいことも

いつしんだってかまわないんだ
だけどできたらいきていきたい
かみさまなんていないんだから

ともだちだけはほしいとおもう
はなしをきいてくれるともだち
てをにぎっててくれるともだち

きもちのふかみにおりていこうよ
せんせいとおやとぼくときみと
めにはなんにもみえないとしても
きっとなにかがきこえてくるよ
ほんにはけっしてかいてないこと
うたがはじまるまえのしずけさ

私たちの星

はだしで踏みしめることの出来る星
土の星

夜もいい匂いでいっぱいの星
花の星

ひとしずくの露がやがて海へと育つ星
水の星

道ばたにクサイチゴがかくれている星
おいしい星

遠くから歌声の聞こえてくる星
風の星

さまざまな言葉が同じ喜びと悲しみを語る星
愛の星

すべてのいのちがいつかともに憩う星
ふるさとの星
数限りない星の中のただひとつの星
私たちの星

『クレーの天使』より

——二〇〇〇年　講談社

天使とプレゼント　——*der Engel und die Bescherung* 1939

なにがてんしからのおくりものか
それをみわけることができるだろうか

はなでもなくほしでもなく
おかしでもほがらかなこころでもなく

それはたぶん
このわたしたちじしん……

天使、まだ手探りしている　――*Engel, noch tastend* 1939

わたしにはみえないものを
てんしがみてくれる
わたしにはさわれないところに
てんしはさわってくれる

わたしのこころにごみがたまってる
でもそこにもてんしがかくれてる
つばさをたたんで

わたしのこころがはばたくとき
それはてんしがつばさをひろげるとき

わたしがみみをすますとき

それはてんしがだれかのなきごえにきづくとき
わたしよりさきに

わたしにもみえないわたしのてんし
いつかだれかがみつけてくれるだろうか

泣いている天使 ——*es weint* 1939

まにあうまだまにあう
とおもっているうちに
まにあわなくなった

ちいさなといにこたえられなかったから
おおきなといにもこたえられなかった

もうだれにもてがみをかかず
だれにもといかけず

てんしはわたしのためにないている
そうおもうことだけが
なぐさめだった

なにひとつこたえのない
しずけさをつたわってきこえてくる
かすかなすすりなき……

そしてあすがくる

醜い天使　——*hässlicher Engel* 1939

かみさま……とよびかけて
ひとをあいした

きこえてきたのは
そらのさけび
くものささやき
ひとびとのこえにならぬつぶやき
それだけ

みにくいてんしが
つばさをぱたぱたさせて
ビルのあいだをぶきようにとびまわり

あいされたものは
あいするもののあいをうたがい
びじゅつかんは
かみのにすがたであふれていた

希望に満ちた天使 ――*Engel voller hoffnung* 1939

のはらにもうみべにも
まちかどにもへやのなかにも
すきなものがあって

でもしぬほどすきなものは
どこにもなくて

よるをてんしとねむった

やまにだかれたかった
そらにとけたかった
すなにすいこまれたかった
ひとのかたちをすてて

はだかのいのちのながれにそって

用心深い天使 ——*wachsamer Engel* 1939

ほほえみでつたえることができるとおもった
だまっていても

それができないとしって
なぐった

なんどもなんども

いいわるいはしらない

あしのしたにたんぽぽのはな
あたまのうえになにがあったのか
したにあるものをふみにじり
うえにあるものにあこがれて

いいわるいはしらない

てんしはいつだってめをそらした

哀れな天使 ——*armer Engel* 1939

しろいつばさにしたたる
ひとのあかいち
ふさがっていたはずのきずぐちが
またくちをあけた

そのいろはてんしにはみえない
はばたけばすぐ
あかはいろあせる

てんしのおもいおよばぬところで
ひとはいきる

てんしになれたらとねがいながら

ひとはしぬ

きぎのみどりにかこまれ
うみのあおにそまって

未熟な天使 ――*unfertiger Engel* 1939

してはいけないことをして
しなければいけないことをして
したいこともすこしはした
(だろうか?)

ちじょうにさく
すべてのはなのなまえをおぼえても
うみにおよぐ

すべてのさかなをとらえても
うまれなかったこどもはなきやまない

せかいはたべきれないごちそう

かなしみすらいきるよろこびだと
あったこともないてんしはいう
おこったように

天使という生きもの

谷川俊太郎

クレーの描く天使は、ミケランジェロのそれとも、フラ・アンジェリコのそれとも違う。クレーの天使たちはギリシャの神々のように人間的だ。かれらは私たちと同じように苦しみ、無邪気に喜び、涙にくれ、悩んでいる。クレーの天使たちのほとんどは成功者ではなく失敗者のように見える。だがそれゆえにこそ、かれらは信仰うすいこの時代に生きる私たちの共感をさそう。

あるひとがあるとき、私にむかって「あなたは天使だ」と言った。その同じひとがまたほかのとき、「あなたは悪魔だ」と言った。その言葉に矛盾はないと私は思う。同じ一人の人間が天使にもなれるし悪魔にもなれる。むしろこう言うほうがいいかもしれない、もし人が人間を離れて天使になったら、そこには必ず悪魔がひそんでいると。

翼を得たイカロスはむなしく海へと墜落した。ロケットを得た宇宙飛行士たちは、口をそろえて宇宙から見た地球のあやうい美しさを言う。空を飛ぶ天使の視点で見る人間と、地をはう虫の視点で見る人間とでは、どちらが現実の人間に近いかは言うまでもない。

前作『クレーの絵本』に続くかたちで、今回はクレーの描いた天使たちを主題にしてこれらの短詩を書いてみた。クレーは繰り返し天使をデッサンしていて、それらは造形としては諧謔《かいぎゃく》に満ちているが、底に流れる感情は決して単純なものではないと私は思う。クレーの生きた時代と、私たちがいま生きている時代は同時代なのだと、そう思わせるものを彼のデッサンはもっている。

私の心にかくれている天使たちが、あなたの心にひそむ天使たちを、目覚めさせてくれることを願っている。人間に対する想像力がなければ、天使の姿は見えないのだから。

二〇〇〇年十月

『minimal』より

襤褸

夜明け前に
詩が
来た

むさくるしい
言葉を
まとって

恵むものは
なにもない
恵まれるだけ

——二〇〇二年　思潮社

綻《ほころ》びから
ちらっと見えた
裸身を

またしても
私の繕う
襤褸《らんる》

拒む

山は
詩歌を
拒まない

雲も
水も
星々も
拒むのは
いつも
ヒト
恐怖で
憎しみで
饒舌《じょうぜつ》で

座る

ソファに座っている

薄曇りの午後
剝き身の蛤《はまぐり》みたいに

しなければいけないことがある
だが何もしない
うっとりと

美しいものは美しく
醜いものも
どこか美しく

ただここにいることが
凄くて
私は私じゃなくなる

立ち上がって

水を飲む
水も凄い

そして

夏になれば
また
蟬が鳴く

花火が
記憶の中で
フリーズしている

遠い国は
おぼろだが

宇宙は鼻の先
なんという恩寵
人は
死ねる
そしてという
接続詞だけを
残して

嘆く

葉脈は
朝の光に
透け

空は
星々を
隠す

泣く児
笑う恍惚
汗と血と尿

こんなにも
完璧な
自然

死は
嘆かず
生を嘆く

窓

起こってることは
こんなに単純なのに
その訳はこんぐらかって

窓からの陽射しが
心の中まで
さしてこない

天井裏を
鼠が走る
午後

平たい液晶に
限りなく重なって
開いている窓

そこからは
見えない
君の目

歌

誰かが
私を
歌っている

雲の調べで

木々の
和声で

いつかやむ
心臓の
韻律

だが歌は続く
君を
讃えて
川底に
流れる
水の旋律

廃墟に

響く
夜の休止符

冬

枯れ枝は
世界の
骨

静謐《せいひつ》が答
寂寥は
快楽
何ゆえか
何故《なぜ》を

忘れ
木立を
歩く
冬

泥
記憶は
濃い
夕闇

悔いも
老いには
かすかな光

もう咲かない
花々の
種子
今も蒔《ま》き続け
泥を
歌わせる

あとがき

　何年か前、しばらく詩から遠ざかりたいと思ったことがあった。詩を書くことに行き詰まったのではなく、反対にあまりにイージーに詩を書いてしまう自分、現実を詩の視線でしか見られなくなっている自分に嫌気がさしたと言えばいいのだろうか。長く詩を書き続けてきた人間を襲う、職業病のようなものかもしれない。

　それでも注文があればぽちぽち書いていたし、故辻征夫の誘いにのって「余白句会」に遊びに行くようになったのも、それまで反発していた俳句という短い詩形に、いわゆる現代詩とは違う現実への通路を見つけられるのではないかという期待があったからだろう。だが、書いているうちに、この詩形は自分にはいくらなんでも短すぎると思うようになった。

　その間に中国へ行く機会があった。呑気《のんき》な旅のつれづれから、いくつかの予期しない短詩が生まれた。俳句とそれからもしかするとある種の漢詩のもつ、饒舌とは対極にあるものに、知らず知らずのうちに同調していたのだろうか。帰ってからも私は行脚の短い、三行一連の詩を気の向くままに書き続け、いつの間にかそれらを *minimal* と名づけていた。

　沈黙したい、もう一度沈黙に帰って新しく書き始めたいという意識下の欲求が、私にとっては未知のものであるこんな短い詩形を選ばせたのだと思うが、詩形は変わっても、私自身が変わったかどうかは覚束ない。キーツは詩人はカメレオンだ、詩人の本質は *non-self* だと言っているが、その言葉を多分私は死ぬまで忘れることが出来ないだろう。

二〇〇二年八月　　　　　　　　　　　　谷川俊太郎

『夜のミッキー・マウス』より
——二〇〇三年　新潮社
夜のミッキー・マウス

夜のミッキー・マウスは
昼間より難解だ
むしろおずおずとトーストをかじり
地下の水路を散策する

けれどいつの日か
彼もこの世の見せる
陽気なほほえみから逃れて
真実の鼠に戻るだろう

それが苦しいことか

喜ばしいことか
知るすべはない
彼はしぶしぶ出発する

理想のエダムチーズの幻影に惑わされ
四丁目から南大通りへ
やがてはホーチーミン市の路地へと
子孫をふりまきながら歩いて行き

ついには不死のイメージを獲得する
その原型はすでに
古今東西の猫の網膜に
3Dで圧縮記録されていたのだが

朝のドナルド・ダック

私はドナルドと話しているんだ
誰にも聞こえない夢の言葉で
ガアガアと家鴨《あひる》は私に教えてくれる
満足すればいいのさと
このままでそのままであのままで

ゆったりと水に浮かんで彼は言う
ぼくだって神さまだよ
白い羽毛の下が見えるかい
そのもっと下の桃色のはらわたが
いのちがどこにあるか見えるかい？

朝が来てドナルドはどこかへ旅立った

ぱしゃぱしゃ泳いで行ったのか
それともばたばた飛んで行ったのか
波紋だけがひろがって残っているから
私のからだもこころも水のよう

流れようか淀《よど》もうか
凍りつこうか湯気になろうか
そんなことさえ選べない身のうえだから
私はただひっそりと満たしていたい
草木と人々に縁どられたこの器を

なんでもおまんこ

なんでもおまんこなんだよ
あっちに見えてるうぶ毛の生えた丘だってそうだよ

やれたらやりてえんだよ
おれ空に背がとどくほどでっかくなれねえかな
すっぱだかの巨人だよ
でもそうなったら空とやっちゃうかもしれねえな
空だって色っぽいよお
晴れてたって曇ってたってぞくぞくするぜ
空なんか抱いたらおれすぐいっちゃうよ
どうにかしてくれよ
そこに咲いてるその花とだってやりてえよ
形があれに似てるなんてそんなせこい話じゃねえよ
花ん中へ入っていきたくってしょうがねえよ
あれだけ入れるんじゃねえよお
ちっこくなってからだごとぐりぐり入っていくんだよお
どこ行くと思う?
わかるはずねえだろそんなこと
蜂がうらやましいよお

ああたまんねえ
風が吹いてくるよお
風とはもうやってるも同然だよ
頼みもしないのにさわってくるんだ
そよそよそよそようまいんだよさわりかたが
女なんかめじゃねえよお
ああ毛が立っちゃう
どうしてくれるんだよお
おれのからだ
おれの気持ち
溶けてなくなっちゃいそうだよ
おれ地面掘るよ
土の匂いだよ
水もじゅくじゅく湧いてくるよ
おれに土かけてくれよお
草も葉っぱも虫もいっしょくたによお

でもこれじゃまるで死んだみたいだなあ
笑っちゃうよ
おれ死にてえのかなあ

不機嫌な妻

不機嫌な妻はジャガイモを剝きながら
からだの暗闇でフロイトと不倫している
青空がありさえすればそれだけでいい
そう思ったのは高校の卒業式の朝のこと

あれから何度商店街を往復したことか
当時の乳首が今の乳首を見くびっている
愛なんて観念は役立たずと知ってから
口数が多くなって口も肥えた

不意に涙がこぼれるのはまだ悲しみがあるから?
それとも家族の出払ったこの午後の静けさのせい?
朝の市場のあの喧噪がもう聞こえない
泥だらけの野菜の目で今の自分を見てみたい

幸せから始まる考えがどこかにあるはずなのに
心の奥に溜まり続ける日々の燃えないゴミ
不機嫌な妻は台所の独房でタマネギを切り刻み
中絶した子どもが面会に来るのを待っている

広い野原

広い広い野原だ
よちよち歩いているうちにおとなになった

オンナの名を呼びオンナに名を呼ばれた

いつか野原は尽きると思っていた
その向こうに何かがあると信じていた
そのうちいつの間にか老人になった

耳は聞きたいものだけを聞いている
遠くの雑木林の中にはどっしりした石造りの家
そこにいるひとはもうミイラ……でも美しい

広い広い野原だ
夜になれば空いっぱい星がまたたく
まだ死なないのかと思いながら歩いている

目覚める前

重い引き戸がごろごろと開けられる音がする
誰かが家に入って来たのだ
こんなに朝早いのに

何をしに来たのだろう
私をたずねて来たのだろうか
足音もなく

早く私の前に立ってくれればいいのに
私はここにいるのだから
生まれてからずっと

いくら記憶を探っても

顔は浮かんでこない
ただ引き戸の音だけは聞き覚えがある

籐椅子や掛け軸や篩《ふるい》や植木鉢が
積み重なっていた古い土蔵
そこで昔かくれんぼをして遊んだ

そのときの私だろうか
いまこの家に入って来たのは
言葉もなく

あのひとが来て

あのひとが来て
長くて短い夢のような一日が始まった

あのひとの手に触れて
あのひとの頬に触れて
あのひとの目をのぞきこんで
あのひとの胸に手を置いた

そのあとのことは覚えていない
外は雨で一本の木が濡れそぼって立っていた
あの木は私たちより長生きする
そう思ったら突然いま自分がどんなに幸せか分かった

あのひとはいつかいなくなる
私も私の大切な友人たちもいつかいなくなる
でもあの木はいなくならない
木の下の石ころも土もいなくならない

夜になって雨が上がり星が瞬き始めた
時間は永遠の娘　歓びは哀しみの息子
あのひとのかたわらでいつまでも終わらない音楽を聞いた

世界への睦言　――湯浅譲二に

1

星々は言葉をもつ　宇宙を文脈として
大地もまた　懐かしい無言のうちに
火も水も木々も風も言葉をもつ
ヒトが話すことも書くこともできない言葉を

だがその言葉をヒトは聞くことができる
君の耳をかりて

2

音楽が産声をあげるとき言葉は静まる
畏《おそ》れと憧れのあまり

君はそのときどこにいるのか
魂の暗がりのそのまた奥処《おくか》に伸ばされた指で
ひとつまたひとつと音符を記して

3

決して到達できない地平へと君は旅する
細胞が記憶している太古からの声に導かれ
ときに巨人のように足踏みし
ときに蝶のように舞って

4

こする音　吹く音　打つ音　歌う音　消える音

音が音をいざない　音は音を身ごもる
音楽は限りない世界への睦言《むつごと》
幼子のほほえみのうちに聞く
渦巻く星雲のとどろき

あとがき

古い詩はもう十年近く前に書いたもの、新しいのは今年になってから書いた。その間に出した二冊『クレーの天使』『minimal』と違って、この詩集に収めた作は形も調べもさまざまだ。意図してそうしたわけではない。同じ土壌から匂いも色も形も違ういろんな花が咲くように、作者にも予想がつかないしかたで詩は生れる。そこに働く力は作者自身の力量を超えている。

「この詩で何が言いたいのですか」と問いかけられる度に戸惑う。私は詩では何かを言いたくないから、私はただ詩をそこに存在させたいだけだから。不遜を承知で言えば、一輪の野花のように。そうは問屋がおろさないのは分かっているけれど。

これらの作を書かせてくれた編集者のかたがた、この詩集を出すきっかけをつくってくれた新潮社の風元正さん、担当の森田裕美子さんに心から感謝している。

谷川俊太郎

二〇〇三年八月

『シャガールと木の葉』より

シャガールと木の葉

貯金はたいて買ったシャガールのリトの横に
道で拾ったクヌギの葉を並べてみた

値段があるものと
値段をつけられぬもの

ヒトの心と手が生み出したものと
自然が生み出したもの

シャガールは美しい
クヌギの葉も美しい

——二〇〇五年　集英社

立ち上がり紅茶をいれる
テーブルに落ちるやわらかな午後の日差し

シャガールを見つめていると
あのひととの日々がよみがえる

クヌギの葉を見つめると
この繊細さを創ったものを思う

一枚の木の葉とシャガール
どちらもかけがえのない大切なもの

流れていたラヴェルのピアノの音がたかまる
今日が永遠とひとつになる

窓のむこうの青空にこころとからだが溶けていく
……この涙はどこからきたのだろう

この今　――栗原知子さんの詩集に寄せて

雨があがって物音が静まった
道を歩く人が携帯で話す声が聞こえる
こんな夜にも誰かがどこかで詩を書いている
……そう思うとき私を襲うこの感情はなんだろう
バナナ　鈴　細胞　難破船　カプセル　穴
なんでもない言葉が謎のように立ち上がる
世界を自分の心の奥底に
そっとしまっておきたいとでもいうかのように

もうこれ以上傷つくのは嫌だから
こういうふうに　それだけ　もういちど　いっそ
ひらがなにひそんでいる女の息は
凪《な》いでいる昔ながらの海のよう

心から心へ触れていく文字の指先
歴史が決してとらえることの出来ないこの今
誰かがどこかで詩を書いている　たった一人で

その日　――*August 6*

苦しみという名で
呼ぶことすらできぬ苦しみが
あなたの皮膚から内臓へ

内臓からこころへ
こころから私が決して
行き着くことのできぬ深みへと
歴史を貫いていまも疼《うず》きつづける

その日私はそこにいなかった

今日　子どもたちの
傷ひとつない皮膚が
その日と同じ太陽に輝き
焼けただれた土を養分に
木々の緑が夏を歌う
記憶は無数の文字の上で
鮮度を失いかけている

その日私はそこにいなかった

私はただ信じるしかない
怒りと痛みと悲しみの土壌にも
喜びは芽生えると
死によってさえ癒されぬ傷も
いのちを滅ぼすことはないと
その日はいつまでも
今日でありつづけると

星の組曲

私の星座

星のように投げ上げられた　空に　ある日
それが私の誕生の日
そこにはもう他の星たちがいた

母の星　父の星　姉の星　祖父の星……

育つにつれて星の数は増えていった
好きな友だちの星　苦手な友だちの星
恋人の星　ライバルの星　誰にも言えない星……

やがて気づいた　私たちは星座なのだと
私はその中のただ一つの星　どの星とも違う

どんなに近づいても星と星の間には遠さがある

でも星座は決して消え去ることがない
目に見えない心の線にむすばれて

私が死んでも誰かがきっと覚えていてくれる
星と星とをつなぐゆるやかなかたち

誰ひとり中心ではないあの美しいかたち

春の臨終

私は生きるのを好きだった
先におやすみ小鳥たちよ
私は生きるのを好きだった

遠くで私を呼ぶものがあったから
私は悲しむのを好きだった
もう眠っていいよ子供たち
私は悲しむのを好きだった

私は笑うのを好きだった
やぶれた古い靴のように

私は待っているのも好きだった
昔の人形のように

窓を開けておくれ　そうしてひとこと
誰かのどなり声を聞かせておくれ
そうだ
私は腹を立てるのを好きだったから

おやすみ小鳥たち
私は生きるのを好きだった
私は朝　顔を洗うのも好きだった　私は

ニンジンの栄光

レーニンの夢は消え失せプーシキンの秋が残った

モスクワ一九九〇年……
頬かぶりした皺だらけの着ぶくれた婆さんが
街角に褪せた赤旗色のニンジンの束を並べ
そこにも人々は黙って行列をつくる
つつましいブラック・マーケット
ロケットのオベリスクの指し示す空を
すすけた無数のイコンの目もみつめるが
ニンジンの栄光はこれからも地上にとどまるだろう

誰にもせかされずに

誰にもせかされずに私は死にたい
そよかぜが窓から草木の香りを運んでくる
大気がなんでもない日々の物音を包んでいる　出来たらそんな場所で
もう鼻はその香りをかげないとしても

もう耳はもっとも身近な者の嘆きしか聞けないとしても
誰にもせかされずに私は死にたい
愛し続けた音楽のように心臓をリタルダンドさせてやりたい
宴のあとのまどろみのように ゆっくり夜へと入ってゆきたい
もう脳が考えることをやめたあとも
考える以上のことがまだ私のどこかにとどまっているかもしれないから

それは私が自分を惜しむからではない
死のひんやりした指に手首をつかまれた人々の
あのはらわたのよじれるような不安とあがきを感じないからではない
私はただこころとからだをひとつに運命に従いたいだけ
野生の生きものたちの教えにならって ひとりで

誰にもせかされずに死にたいから
誰もせかさずに私は死にたい

丸ごとのただひとつのいのちのままで私は死にたい
限りあるいのちを信じるから　限りあるいのちを慈しむから
今も　そして死のときも

誰にもせかされずに私は死にたい
扉の外で待つ者が私をどこへ連れ去るとしても
それはもうこの地上ではないだろう
生きている人々のうちにひそやかに私は残りたい
目に見えぬものとして　手で触れることの出来ぬものとして

詩の書き方　We are the hollow men / T. S. Eliot

深夜それとも早朝それとももっと間抜けな昼寝どき
言葉は樹液のように脳細胞へと昇ってくる
ぼくが根を下ろしてる天国さながらの地獄から

ワラさえ詰まっていないぼくのからっぽ頭は言葉でしか塞《ふさ》げない

ぼくもきみと同様うつろな人間
だがいくらかは違うところもあると自負する
きみがどこかで読んだ決まり文句を詰めこんで自分を剝製《はくせい》にしていると
き
ぼくは決まらない一行をふらつく梯子《はしご》の上で剪定《せんてい》している

言葉によって感染した病いは言葉によって免疫するしかない
仮想現実のつるつるの胞衣《えな》に包まれてぼくはもがく
シートにくくりつけられて巨大ジェットで空を飛ぶ未来の胎児たち
お茶ですかコーヒーですかお魚ですかお肉ですか

深夜それとも早朝それとももっと間抜けな昼寝どき
言葉は樹液のように毛細血管の隅々にまで浸透してくる
ぼくはきみのプレハブの真っ白な水洗便所に流された汚物に

隠された死へとむかう潜血反応をさぐる
詩は死と同じように思いがけずぼくらを襲う
シーッ　詩と死は意味の合間の沈黙によって孕《はら》まれるもの
そこで花は開き魚は泳ぎ獣はまぐわい人は静まる
ぼくらは生き延びるために生きているのではない

夏が来た

夏が来た
生まれてからずいぶん長い時間がたったような気がする
生まれたときはすっぽんぽんだった
すぐ白い柔らかいものを着せられた
それからはずっととっかえひっかえ何か着ている
夏が来るとすっぽんぽんだったときを思い出す

寒くて暑かった　怖かったが愉快でもあった
やけっぱちだったのかもしれない
だんだんにいろいろなことを覚えた
字を書くこと西瓜《すいか》を食うこと泳ぐことしかめつらすること
人を好きになること嫌いになることどっちでもないこと
そうして覚える以上のことを忘れた

夏はほんとうは生涯にただ一度だけなのではないか
夏がめぐって来るたびに今度こそはと夢見るが
終わってみるとどの夏も生涯に一度の夏ではなかったと思う
駅に止まってもそこが下りる駅ではないみたいだ
いつまでも下りることが出来ないのは迎えに来てる人が
すれ違ったこともない人ばかりだからなのか
蝉が鳴き太陽がかんかん照っている
遠くに水平線がかすんでいる
また夏が来た

ひとつの呪文
――柿沼和夫写真集のために

時は急がない
見えない指で知らぬ間に
頬の線をゆるやかに修正する
目尻に繊細な皺を彫りこむ

時は完成をもとめない
流れる水のようにとどまらず
涙を微笑みへと合流させ
迸《ほとばし》る心を淀《よど》む心へと堰《せ》きとめる

時は絶え間なく人に触れている
ときに優しくときにこのうえなく酷《むご》く
私たちを生から死へと案内して

また新しく甦るいのちに備える
そして写真はひとつの呪文
「時よとどまれ」と囁きながら
光が描く一瞬の真実に
永遠の幻をまぎれこませる

だが時は決してとどまることはない
新芽のみずみずしさを喜び
朽木の枯れた肌をたっとび
私たちは時のわざに酔いしれる

詩人への「?」

詩人という種族には

どこかインチキくさいところがあって
もちろんかく言う私も例外ではない
世間知らずで我儘《わがまま》で
気が弱いくせに居丈高で
言葉の囚人であることを誇りにしながら
美辞麗句のやすりで脱獄をはかり
ときにはおんぼろ望遠鏡で
まだ誰も見たことのない
ちっぽけな星を発見したと狂喜し
ときには古ぼけた天眼鏡で
無害な黴菌《ばいきん》を血眼《ちまなこ》で探し
人はパンのみにて生くるにあらずと
日夜安酒をなめつづけ
揚句のはてにたった十行か二十行で
人生を要約したつもりになって
天使の羽ばたく高みから

イカロス気取りでなつかしい地上へ
ぶざまに落っこちてきては
女房のふくれっつらにおののく
詩人の目ン玉は
近眼でなければ老眼と相場は決まっていて
そこに映る光景は
地獄でなければ天国で
その中間のこの世のあれやこれやは
絵に描かれた餅のように味がない
民法や刑法の文体は
我が事に非ずと決めこんで
てにをはひとつに勿体《もったい》をつけ
詩の竹光《たけみつ》で現実に切りつけようとしては
日常のぬかるみで尻餅をつく
いっそ役立たずに徹すればいいものを
ひとかどの顔でお互いを褒めあって

世間の崖っぷちに
辛うじてぶら下がっているだけだから
せめてほらそこを行く呆《ぼ》けばあさんの
訳の分からないつぶやきくらい
聞く耳をもてないものか

（からだ）

眼
見入れば身に入る
空の青が　木々の緑が
愛する顔が

腕
こまぬく腕はやがて錆《さ》びる

こまぬかぬ腕は
いつか後ろに回る

鼻

鼻が花を嗅ぐとき
花も鼻を嗅いでいる
いのちは匂い交わす

首

洗って待っていた首は
飛ばなかった
すくめていた首は飛んだ

膝

ひざまずくことを忘れて
膝はいつまでも

小僧のまま

足

地に着かぬ足は
すくわれる
時の急流に

臍

ここから流れこんだ
母のいのち
癒されぬ愛の傷跡

手

ひとりで握ると武器
ふたりで握れば挨拶
言葉より先に

背中

背中の中に背骨
背骨の中に神経
神経の中に魂がひそむ？

尻

尻は知りたがらない
ただ敷くだけ
ただ割れるだけ

煉瓦頌

震災と戦災をくぐり抜けてその建物は立っている
人間で言えば耄碌《もうろく》爺さんだが

百歳を越えてもまだ足腰はしっかりしている
夕暮れの日差しにうっすらと顔を赤らめ
隣に立つガラス張りの若いビルに寄り添って

使われている煉瓦《れんが》の数は分らない
そのひとつひとつは互いにそっくりだが
よくよく見るとそれぞれに微妙に違う
風に吹かれ雨に打たれ炎になめられ
磨り減り汚れ欠けながら歳月に耐えて

いったい何を守ってきたのだろう
たがいに支えあい頑なに動かず
せめぎあう内部を外部から隔て続けて
彼らもまた歴史の一部に違いないが
その根は有史以前の大地に下りている

ここに生きた幾千の人々の
ひそやかな愛と隠された怨嗟《えんさ》
癒されることのない哀しみと
ときに青空へと解き放たれた歓びを
こんなにも深く秘めて

煉瓦はヒトの手によって土から掘り出され
形を与えられ焼かれ積まれたのだが
この思いがけない無口な美はいつ生まれたのか
いつか土に帰る安らぎに満ちた
この沈黙に拮抗《きっこう》する言葉を私は知らない

コヨーテ

私のうちなるコヨーテが身じろぎする

眠っている彼の網膜に焼きついたイメージは
果てしない荒野とその先の紫にかすむ遠い山なみ
彼を目覚めさせるのが恐ろしい

私のうちなるコヨーテはどこから来たのか
祖父の思い出話よりもはるかな昔
伝説が神話の薄闇に消えていくところ
母の胎内でその遠吠えを聞いたような気がする

幼いころ動物園で初めて彼を見た
いや彼に見られた　その緑色の目に
心を射抜かれていたことに気づかぬまま
私は道なき道ばかりを彷徨《さまよ》っていた
私のうちなるコヨーテの息遣いが聞こえる
死を恐れない野性の静けさとしなやかさ

旅はここから逃れることではない
そう囁きかけるのはコヨーテなのか私なのか

ここからどこへ旅するとしても
そのどこはいつも私の生きるここ
からだを運ぶことは魂を運ぶこと
旅路は地平を越えて宇宙へと続くだろう

私のうちなるコヨーテが夢を見ている……

詩人の亡霊

詩人の亡霊が佇《たたず》んでいる
廃屋の雨滴の伝わる窓硝子《ガラス》の向こうに
文学史の片隅に名を残しただけでは満足せず

女を死に追いやっただけでは満足せず
あの世に安住するのを潔《いさぎよ》しとせずに

もう声をあげることは出来ないが
数々の文字と化して彼はいる
新旧の図書館の地下の書棚の奥で
いまだに親友と名声を競いあっている
ついに詩の問いかけに答えられずに

彼は青空の心を読んだと信じた
小鳥の囀《さえず》りの理由を知ったと信じた
鍋釜のように人々とともに暮らし
叫びと囁きにひそむ静けさを会得したと信じた
一滴の汗も血も流さずに

詩人の亡霊の隣にいるのは犀《さい》の亡霊

訝《いぶか》しげに隣人の顔をのぞきこむ
犀は詩人も同じ哺乳類だったことを知らない
人よ　どうか子守唄を歌ってやってくれ
親しい死者と詩人を区別せずに

青いピラミッド

青いピラミッド　青いピラミッド
窓の外の芝生の上　湿った夏の夕暮れの大気の中の
青いピラミッド

中身は二歳の誕生日にぼくが彼女に贈ったブランコ
白と黄色に塗り分けられたパイプが足を踏んばり
木の踏板と腰掛けのニスが匂う
だが彼女はあんまり乗ってくれない

いまそれはすっぽりとビニールの雨除けシートに覆われている

その玄室に誰が閉じこめられているのだろう
鴉《からす》どもがけたたましく鳴き交わす
かあかあそうかあ何故鳴くの？
幼い女の子の脳では少しずつ言葉が癌のように増殖している
ひとつひとつ未知なるものを消し去ろうとして
どこまでも死を先延ばししようとして

だけどね臍《へそ》の緒を断ち切ることは誰にも出来ない
ぼくらと死とは苦いユーモアでつなぎ止められている
ぼくの贈ったピラミッドはファラオのよりも長持ちしない
じっとしているように見えながら実は空を飛んでいる
生と死の間をぶらんこしながら

谷川俊太郎書簡インタビュー

質問者／田　原
回答者／谷川俊太郎

――詩人北川幸比古らの影響の下で詩を書きはじめた十七歳の少年のときには、まだ「詩人になろう」、あるいは「創作で生計を立てよう」という決意はおそらく薄かっただろうと思いますが、当時の夢や心境を聞かせていただけないでしょうか？

半世紀以上昔の自分の夢や心境を思い出すのは、誰にとっても困難なことではないでしょうか。私の思い出す限りでは、当時の私の夢は自作の短波受信機で欧州のラジオ局を受信することと、いつかは自動車を一台所有したいということでした。心境は、そうですね、とにかくもう学校には行きたくなかったので、大学に進学せずに将来どうやって食っていけるか不安でした。

――戦後の日本現代詩人の中には、戦争体験をもつ詩人、とりわけ唯一の原爆被爆国の詩人として、戦争の苦い体験にこだわる人は少なくありません。戦争の傷が彼らの創作の宿命になったのですが、谷川さんは自分の詩で戦争を非難しようと苦心したり、また平和を謳歌《おうか》したり、というようなことがないようです。私はある論文で谷川さんのそういう特徴について、「体験の逃避」や「経験の転嫁」というよりも更に大きな意義での思考——即ち人間性、生命、生存、環境、未来などについての思考——を自分の創作に投入したのだ、それは実は自己経験の超越で新たな挑戦であると、分析したのですが、私のその見方についてどう考えられますか？

一九四五年五月の東京大空襲を私は経験しています。京都に疎開したのはそのあとです。空襲の翌朝、近くの焼け跡へ友達と一緒に自転車で出かけ、ごろごろ転がっている焼死体を見ました。そのときは面白半分でしたが、その体験は私の意識下に残っているはずです。ただ私の場合、その体験を歴史的文脈、社会的文脈において考えることができず（子どもだったからというより資質として）、むしろ昔から争い合い殺し合うことをやめられない人間という生物の実存の一側面として受け入れたのではないかと思います。その意味ではあなたの見方は当たっているかもしれませんが、私の内面では「自己経験の超越で新たな挑戦」というような言語化は全くされていません。むしろ自分の歴史的感覚の欠如を欠点としてとらえています。ただ最近新聞紙上でちらりと読んだ斉藤野の人（高山樗牛《ちょぎゅう》の弟だそうです）がラスキンやゾラやイプセンを例にして述べたという、「彼等の前には国家なく社会なく階級なく、唯《ただ》人生あるのみ、人生の尊厳あるのみ」という言葉に共感したことを付け加えておきます。

——処女詩集『二十億光年の孤独』は、一九五二年にお父さんの出資で、半ば私費の形で出版されました。詩集が完成したとき、自分の創作目標と野心が明らかになりましたか？　そのとき、詩壇に入ったばかりの谷川さんにとって、乗り越えられないような詩人がいましたか？

創作目標は私にはありませんでした。野心と呼べるほどの強い欲求があったかどうかも疑問ですが、とにかく書くことで生活して行きたいと思っていました、他に能がなかったので。また詩壇という発想も本気では信じていませんでしたし、畏敬する詩人はいましたがその人たちを「乗り越える」という発想も私にはありませんでした。当時から私は自分を「単独者・一匹狼」というふうに考えていたように思います。ただそのころの私にとっては詩よりも実生活のほうが主な関心事だったので、例えば野上彰《あきら》さんのように詩や、歌詞や、訳詞や脚本などの分野で、定職につかず生活できている人の生き方を一種の理想としていました。

——一九五三年七月、谷川さんは同人詩誌〈櫂《かい》〉のメンバーになりました。茨木のり子、川崎洋、大岡信、吉野弘、岸田衿子、中江俊夫、友竹辰らが交替で編集し、出版した〈櫂〉は、その同人の多様さで目を引いた存在でした。素朴で活発で、自由で活力に溢れている。ここで〈櫂〉の各同人の詩の特徴や同誌の戦後日本詩壇における意義について語っていただきたいのですが。また、ある時期、長く休刊していたのはどういう理由からでしょう?

休刊したのは、同人たちに他に詩を発表する場が十分あったからではないでしょうか。私たちの結びつきはゆるいものでしたから、結束して何か一つの目標に向かうということはありませんでしたし、各自の意見の食い違いもそのまま楽しむというような気風でした。各同人の詩の特徴を語るのは批評家にまかせたいと思います、〈櫂〉の日本詩壇における意義を語るのも。

――詩人は、天賦の才能によって、詩人になるのでしょうか。無論、ただ先天的な資質だけで詩人になるわけではないでしょう。積極的な読書、知識や経験、修練の積み重ねなどがなければ、真に大成することはできません。しかし、詩の天分がなく、努力だけで大詩人になれるかということも疑うべきです。谷川さんは「天賦」と詩人との関係をどのように理解しているのでしょうか?

DNAによるものか、生育歴によるものか、それともその双方が入り混じったものによるものかは分かりませんが、詩を書くのに向いている資質というものはあると思います。私も詩を書き始めて大分たってから、詩を書くことを「天職」かもしれないと思うようになりましたが、それは同時に詩を書くことに向いている者の人間としての欠陥の自覚をうながしました。

——谷川さんは英語を流暢《りゅうちょう》に話せますし、三百冊余りの本を翻訳出版されています。英語に熟練していることは創作に直接的な影響がありますか？　あるいは英語が母語の表現空間を広げたといえるでしょうか？　国際詩壇に活躍しているシェイマス・ヒーニー、ゲーリー・スナイダーらと親交がありますが、彼らの作品を読む場合は、原文ですか？　また、付き合いのある世界各国の詩人の中で、誰の作品が最も印象深いでしょうか？

私は英語に熟練もしていませんし、流暢に話すこともできませんから、自分の英語能力を過信したことはありません。私が翻訳したのは易しい英語で書かれたわらべうたや絵本のたぐいがほとんどです。しかし英語に親しんだ経験が母語の表現空間をひろげたことは確かです（例えばいわゆるマザー・グースと呼ばれる英語圏のわらべうたを訳したおかげで、わらべうたの新しい形式を覚え、それを実作に応用しました)。私はまた原語で外国詩を読むことはほとんどありません。付き合っていると言えるほど親しい外国詩人もいませんが、ゲーリー・スナイダーには、作品とともにその詩人としての生き方に影響を受けたと言えます。

——日本語は脚韻においてソネットの要求を満たしがたいという制限があるため、日本語のソネットは形式と韻律を放棄するしかない、といわれていますが、ソネットにおいても谷川さんは驚くべき大きな成果を挙げたと、大岡信が谷川作品のために書いた鑑賞文で述べています。ソネット詩集『旅』は、これまでに多く論じられ高く評価されてきた詩集です。大江健三郎も『小説の方法』や小説『万延元年のフットボール』の中で「鳥羽」の詩句を引用し、論じたことがあります。『旅』は、「旅」と「鳥羽」と「anonym」の三つの部分から成りますが、「鳥羽」の創作は、一九六七年四月以降、家族で三重県東部の志摩半島にある鳥羽市へ旅行した時の印象を東京に持って帰って、自宅で書いた、と答えていただいたことがあります。その時期、谷川さんが大量のソネットを書いた動機は何でしょうか？　このシリーズの創作は谷川さんの青春への惜別だったのでしょうか？

「鳥羽」の連作は一九六六年から一九六七年にかけての私としては初めての八ヶ月にわたる欧米旅行と滞在の前に書かれ、「旅」はその旅行の体験を素材として書かれていて、もうひとつの連作「anonym」はまたそのあとに書かれたと私は記憶しています。つまり詩集『旅』は相当長期間にわたって書き継がれた作を、一九六八年にまとめて出版したということです。ソネットという形式を択《えら》んだ動機は、その当時の私の内面がなんらかの型、すなわち詩の容器を必要としていたからではないでしょうか。私は自由詩と呼ばれるものを一貫して書いてきましたが、一方でその「自由」をもてあます側面もあって、詩を書こうとするとき一時的な形式を自分に課するほうが書き易いという傾向があります。これは私なりの一種の美意識かもしれません。また「青春との惜別」というような用語でその時期のソネットを考えたことはありません。私は青春という人生の一時期を脱したことをむしろ喜んでいる者ですから。

——谷川さんの作品を翻訳していくうちに、「埴輪《はにわ》」というイメージがたくさん使われていることに気付きました。それはお父さんが所蔵されていた貨幣や中国古代の埴輪のように思われますが、私の推測は当たっていますか？　中日両国は世界でも面白い関係にある国だといえます。文化的には「同源」で、共に漢字を使っているが、違う性格の言葉を使っています。日本の歴史では、漢文化の支配は明治維新まで続きました。近代作家や詩人のうちでも、例えば夏目漱石、森鷗外、北原白秋ら、漢文化が日本作家に深く影響しただけではなく、彼らの血肉にもなり魂にも浸透していたことが分かります。

しかし、維新後の日本は欧米文化の流入によって漢文化が昔の輝かしさを失っています。谷川さんや多くの戦後詩人にとって、漢文化は既に主なインスピレーション・ソースではないようです。谷川さん自身、中国文化からの影響、あるいはそのつながりをどの程度自覚していますか？

私の父は時代の古いものを好んでいましたから、唐代のものの収集はいくつかの唐俑《とうよう》に限られていたように思います。また貨幣は収集していませんでしたが殷《いん》周《しゅう》の玉《ぎょく》は集めていました。それから「埴輪」は中国のものではなく、日本古代のものです。今はもう手元にありませんが父は生前いくつかの埴輪をもっていてその造型に私はさまざまな形で影響を受けています。また私は中学校で「漢文」を習った世代に属していますから、発音は異なるものの漢詩は自分の血肉に入っていると自覚しています。漢文脈は和文脈と並んで、深いところで私の精神を形成しているのではないかと思います。日本語のひらがなもカタカナも漢字に由来している以上、また私たちがいまだに漢字を重要な表記法として用いていて抽象的な観念の多くを漢語で表現している以上、中国文化が日本文化の一つの源であることを誰も否定できないでしょう。

――詩の定義に関しては古くからさまざまなことが言われています。そして、それぞれの詩人は異なる詩の概念を持っています（基本的に大差がないにせよ）。例えばプラトンの「詩は天賦の才能と霊感が出会ってあらわれる言葉であり、永遠なる心の声であり、同時に良心の声である」。白楽天《はくらくてん》には「根情、苗言、花声、実義」。郭沫若《かくまつじゃく》には「詩＝（直覚×情調×想像）×適当な文字」など。谷川さんにとっての「詩」の概念はどのようなものでしょうか？　簡単な言葉で詩についての定義をしていただけないでしょうか。

簡単な言葉で詩を定義することにほとんど興味をもっていないからこそ、私はさまざまな方法で詩を書き続けているのだと思います。簡単な言葉でなく、実際の詩作品を編集することで（主として子どもたちに向けて）詩とは何かに答えようとしたことはあって、それは『詩ってなんだろう』という題名で出版されています。

――『六十二のソネット』の中だけでも、木に関係のある作品は十六篇もあります。それらの木は具体的名称のある木ではありませんが、「観念の木」として象徴的に捉えられている。谷川さんは木に対する畏敬を持っていると感じられます。時には木に人生を投影し、時には人間の生命を通して木の本質を表す。幼少年時代の夏に過ごした北軽井沢の森、緑に囲まれた杉並区の自宅……。詩人の育った環境と経験はその創作に影響を残していると思いますが、谷川さんにとって、木はいったいどんな意味を持つのでしょう？

私にとって木の「意味」は言語を超えたところにあります。いわば人間の考える意味を超えた「真」そして「美」として木は存在しています。それを散文的な表現で要約することに私はあまり関心がもてません。日々を暮らしていると、私は木の存在によって絶え間なく慰められ、励まされています。自分が木について感じることを詩の形で表現するのは二の次です。

——青春は誰にでも大切なものです。その大切さはその短さゆえでもある。谷川さんの一回目の結婚生活は一九五四年に始まり、一九五五年に終わって、一年にもならなかった。その短い感情経歴は、谷川さんの五〇年代後半と六〇年代前半の作品に一定の烙印《らくいん》を押したと思いますがいかがでしょう。その後、また二回離婚され、つごう三回の結婚失敗をした原因は詩人という身分と関係していますか？

三回の離婚の理由はそれぞれに異なっていると思いますが、それを的確に言語化することは当事者である私の手に余ります。その理由の一端が私自身の人間性にあることはもちろんですが、そこに私の詩人としての「身分」（面白い表現ですね）が関係していることも否定出来ません。それについては私は一生考え続けていくことでしょう。

――谷川さんの二千数百篇余りの作品のうち、最も自分のレベルを代表することのできるものを十篇ぐらい挙げていただけないでしょうか。

「自分のレベル」という言い方がよく分かりませんが、「二十億光年の孤独」「ソネット62」「かっぱ」「りんごへの固執」「芝生」「(何処《いずこ》)」「母を売りに」「ゆうぐれ」「さようなら」「父の死」「なんでもおまんこ」など、思いつくままにあげてみました。

――谷川さんが刊行された五十冊余りの詩集のうち、最も満足できる詩集はどれですか? また、どの詩集が創作において変化がより著しいですか?

私は自己肯定はしますが、自己満足はしません。変化がより著しいということで言えば『ことばあそびうた』『定義』『日本語のカタログ』『よしなしうた』『はだか』あたりでしょうか。

――谷川さんは若い時から、エッセイ風な詩論を書いてきたし、大岡信との『詩の誕生』、『批評の生理』、『詩と世界の間で』など、詩の本質にふれた優れた共著もあります。詩と言語、詩と伝統、詩と批評、詩の翻訳など、現代詩の広い領域を渉猟し、これらは戦後日本の現代詩にとって画期的な書物だと思います。これらの本の中で、谷川さんは自分なりの詩論にかなり触れました。ですから「理論空白」とは決して言えないのですが、それにしても系統的な詩論は未だにないようです。これは谷川さんが長い文章を書かない（書きたくない、書けない）ことに起因しているのでしょうか？

それもあるでしょうが、私が系統的な詩の理論に興味がもてないということもあると思います。理論を書くくらいなら詩の実作をしたいというのが、私の一貫した願いです。

――谷川さんはかつて小説を書けないと言ったことがありますが（実際は小説らしいものを書いています、例えば二〇〇三年、高橋源一郎さんと平田俊子さんと共著した『日本語を生きる』もあります）、その書けない原因について、ご自分は記憶力が弱いからだとおっしゃいましたが、それは詩という方法が自分の生きる体験を表現するのにもっとも適しているということでしょうか？

先ほどお答えした私の歴史感覚の欠如にもかかわりますが、私は「物語」の形で生きることをとらえるのが苦手なのです。小説は物語るものです。ストーリーはヒストリーに属しています。しかし詩は私の考えでは、一瞬に属しています。つまり時間に沿うのではなく時間を輪切りにするものです。これは世界の詩全般について言えることではなく、短歌、俳句の伝統をもち、もののあわれという感覚をいまだに深層に秘めている日本語詩についてだけ言えることかもしれませんが、少なくとも私の場合は、叙事詩的なものは書けませんし、小説も書かないことを択んでいるのではなく、生理的に書けないのです。

――谷川さんが若いころ書いた「沈黙のまわり」というエッセイをしばしば思い出します。「初めに沈黙があった。言葉はその後で来た」と。「沈黙」は谷川さんの詩によく登場する言葉の一つです。現代詩と沈黙は母子関係のように見える一方、無関係のようにも見えますが、現代詩にとって、沈黙の本質は何でしょうか？

情報、饒舌《じょうぜつ》が氾濫《はんらん》しているこの時代の騒がしさに拮抗《きっこう》する、静かで微妙で洗練された力とでも言いましょうか。言語を離れてさえ存在可能な広義のポエジーの源は、いつの時代にも沈黙にあると思います。禅における「無」の境地に喩《たと》えることもできるかもしれません。言語は人間のものですが、沈黙は宇宙のものです。その沈黙のうちには、限りないエネルギーがひそんでいます。

――一九九一年三月号の『鳩よ！』にある「谷川俊太郎への93の質問」で、自分を動物に譬《たと》える質問に対して、「紙を食う」「羊」と答えられています。これはおそらく、文筆者の身分と未年の生まれであることに結びついているのでしょうが、果たして谷川俊太郎は険しい岩の上で飛び跳ねる活発な羊なのか？　それとも果てしのない草原で生きているおとなしい羊なのか？　どちらでしょうか？　その理由は？

両方だと思いたいですね。おとなしいのも活発なのも自分の属性のような気がしますから。

――音楽と詩の関係について、詩のことばで表現すればどんなことばになるのでしょうか？　また、創作者の立場から、谷川さんにとって優れた現代詩の基準は何ですか？

音楽と詩は、父親は違うが母親は同じ二人の子ども……という言い方はどうでしょうか。私にとって優れた現代詩の基準は、私が読んで、あるいは聞いて面白いかどうかというところにあるとしか言えません。

――詩人は、現代詩の閉塞状態を突破するのにどういう努力が必要でしょうか？

自分の内部の他者を発見する努力。

——翻訳については確かイタリアの格言「翻訳者は裏切り者（Traduttore, traditore)」に私も同感です。厳格に言えば現代詩の翻訳は不可能に近いものかもしれませんが、現代詩の優れた日本の翻訳者だと谷川さんが思うのは誰でしょう?

プレヴェールの訳における小笠原豊樹、現代ギリシャ詩の訳における中井久夫、現代詩に限らなければシェークスピアのソネットの訳における吉田健一を加えたいと思います。

——詩人にとって母語はいうまでもなく決定的なものですが、母語以外の言語で書く作家・詩人がいます。しかし母語以外で書いた作品はあまり高く評価されていないのも事実です。多言語に堪能であるツェランさえも「母語だけが真理を言い表せる、外国語で書く場合詩人は嘘をついている」と言っています。いわゆる詩人が母語を僭越《せんえつ》する行為に否定的な考えを持っているのです。詩人はとうてい母語を乗り越えられないのでしょうか? 谷川さんは英語で詩を書いてみたいと思いませんでしたか?

私自身は日本語以外の言語で詩を書くことを試みる気持ちはありませんが、母語のみを絶対視する母語ナショナリズム的な態度にも疑問をもっています。リービ英雄、多和田葉子、アーサー・ビナードらの作品を母語で書かれていないという理由で軽視することはできません。

——草原、沙漠、川、海、荒地、森林、空に譬えたら、自分は何だと思いますか？ それは何故ですか？

比喩的に言うなら、私自身のうちにそのすべてが内在しています。

——宇宙人のイメージを教えてください。それから宇宙旅行ができれば、どの星に行ってみたいですか？

地球外生物については多様な形態が可能ではないかと考えているので、一つのイメージにしぼることはできません。また私は宇宙旅行に行きたい気持ちはもっていません。

——私は谷川さんの創作のエネルギーの源の一つは女性だと考えています。以前、冗談半分で「名誉、権力、金銭、女、詩歌」のうち谷川さんにとって一番大事なのは、と尋ねたことがありますが、答えに非常に驚きました。一番、二番と「女」で、「詩歌」が三番目だったからです。改めてお聞きしますが、「女性」は谷川さんにとってどんな存在ですか？ 女性がいなければ生きていけませんか？ そんなに「女性」を大切に思っていながら、いま「独身老人」になっている心境をお教えください。

女性は私にとって生命の源であり、私に生きる力を与えてくれる自然の一部であり、また私にとって最も手ごわい他者でもあります。私は女性によって自分を発見し、更新し続けていると思います。女性がいない生は私には想像ができませんが、現在は結婚制度の中で女性と生きてゆくことが唯一の選択肢だとは考えていません。女性を大切に思っているからこそ独身老人を択んでいると言ってもいいでしょう。

――世界の偉大な詩人たちの中に長篇詩を書いた人は結構いますが、谷川作品の中では、一番長い詩が多分「タラマイカ偽書残闕《ぎしょざんけつ》」だと思います。この詩は特異な構成で、前書きと注解を含めて、五百行以上ありますが、いわゆる長篇詩ではありません。なぜ長篇詩を書かないのですか？ もしくは書けないのでしょうか？

日本語は基本的に長篇詩に向いていないのではないかと考えていますが、実際は私の資質に物語よりも歌に向かう傾向があるからかもしれません。「詩集はすぐ読めて何度でも読める」と言った人がいますが私も同感です。

——評論集『世界へ！』の中で、「詩において、私が本当に問題にしているのは、必ずしも詩ではないのだという一見奇妙な確信を、私はずっと持ち続けてきた。私にとって本当に問題なのは、生と言葉との関係なのだ」と書かれています。これは確かに現代詩が直面しなければならない難しいところです。日常経験によりすぎると生きることを超えられない恐れがある。テクストによりすぎると知識で詩を書くように思われるし、生命の内部要素をうまく反映しないかもしれない。「生と言葉との関係」についてもっと具体的に説明してくださいませんか？

日常の暮らしの中で、家族や友人に向かって発する言葉と、詩として書かれる言葉とは源は同じでも表現としては区別せざるを得ません。現実生活での言葉は可能な限りの真実を目指しますが、詩における言葉は基本的に虚構であると私は考えています。一篇の詩の中の一人称は、そのまま作者自身を指すとは限りません。とは言え、生身の作者自身が詩の中に全く投影されていないのかと言えば、そんなことはないのです。作者の人間性は詩の「文体」のうちにひそんでいます。

この文体という言葉は大変定義の難しい言葉ですが、その中には言葉の意味だけでなく、イメージ、調べ、色彩、言語に対する作者の態度などあらゆる要素が渾然としています。現実の暮らしの中での人と人の間の交流は、特定の人同士の間で言葉だけでなく身振りや表情などいわゆる非言語的なものによっても極めて具体的に行われますが、文字化された詩、音声化された詩の場合は、それに比べれば一人の作者と不特定の複数の読者・聴衆との間のより抽象的な交流です。しかしそこに作者自身の現実の人間関係もまた意識下の領域に影を落としていると考えられます。「生と言葉との関係」は詩において極めて複雑な様相を呈するのですが、作者はそのすべてを意識することはできません。詩を生むものは理性だけではないからです。そのように考えた場合、テクストを分析して作者の人間に迫ろうとしても、おのずから限界があるのは自明でしょう。完全に言語化することの不可能な生の全体を、不完全な言語というもので指し示そうとするのが詩であると言うこともできると思います。

――『ことばあそびうた』という作品群は、日本の現代詩の表現空間を広げ、そのことによって、世代を超えた多くの読者に親しまれているといえます。谷川さん自身も「日本語の音韻面でのかくれた魅力の一端には迫りえたと自負しています」と書かれているように。しかし一方で、谷川さんの「意味を重視せず、音だけを重視する」という主張は現代詩のルールに反する、つまり、言葉と意義を分裂する行為だともいえるでしょう。これらの作品はほかの言語にまったく翻訳不可能ともいえます。この点についてどう思っていますか?

『ことばあそびうた』は私の書いたさまざまな形式の詩の一つに過ぎません。それらの詩を書こうとしたとき私の頭にあったのは、現代詩に韻律復活の可能性を探るということでした。結果的にはほとんど駄洒落《だじゃれ》、地口《じぐち》と見まがうような、わらべうた風の詩を作ることになり、それがかえって広範な読者を獲得したことにつながったのですが、同時にそのような方法では扱う主題に明らかな限界があることが分かり、したがって現代詩に新たな可能性を開くことにはならなかったということです。ですから『ことばあそびうた』を現代詩の文脈で語ることは難しいでしょうし、そのことを私は気にしていません。翻訳不可能であることは、日本語を母語として書いている私にとって、なんの不名誉にもならないと思います。翻訳可能な詩を私は他にたくさん書いてもいるのですから。

――「自然性、洗練、メタファー、抒情、韻律、直喩、晦渋《かいじゅう》、叙事性、リズム、感性、直覚、比喩、思想、想像力、シンボル、技術、暗示、無意識、文字、純粋、スタミナ、理性、透明、意識、アイロニー、知識、哲学、ロジック、神秘性、バランス、対照、抽象」のうち、現代詩にとってもっとも重要な要素を順番を付けて五つ以上選んでください。

無意識、直覚、意識、技術、バランスの順ですかね。こういう問いに答えることが何かの役に立つとも思えませんが。

——谷川さんは連詩という創作活動にも積極的に関わってきました。普段コミュニケーションの少ない日本の現代詩人にとって、良い試みだと思いますが、あまり詩創作には役に立たないのではないかと私は思うのです。というのは、現代詩の創作は集団行為とは無縁ですから。この点についてはどう思いますか？

詩は一人で書くものだという原則は不変ですが、他者とのかかわりを避けることもまた、言語のもつ本質に矛盾します。大岡信さんの名著の題名にもなっている「うたげと孤心《こしん》」という言葉がそのことを一言で言い当てています。また少なくとも私にとっては連詩は単なる楽しみに終わらず、自分の創作に役立っています。例えばこれは連詩ではなく対詩の形で書かれたものですが、「母を売りに」という私自身も気に入っている作は、相手である正津勉さんの存在がなかったら書けなかったでしょう。他者からの刺激が思いがけない詩を喚起するのです。

――現代詩の抒情と叙述、口語化と通俗化に関して、谷川さんはどう対応していますか？

そのすべてを自分のうちにもちたいと考えています。

――ベートーヴェンは音楽の天才、ピカソは絵画の天才、谷川さんは現代詩の天才と言われたら、どう思われますか？

恋人に言われたら睦言《むつごと》として聞いて嬉しいでしょう、メディアに言われたらレッテル貼りを不快に思うでしょう、批評家に言われたらもっと親切に批評してくれと言いたくなるでしょう。

――インスピレーションはなぜ詩人にとって重要なのでしょう？

インスピレーションは理性を超えたところで、詩人を世界に、人間に、そして宇宙に結びつけるものだからです。

――一九九六年頃、谷川さんは現代詩から遠ざかりたいという心境を吐露しました。その頃から、詩朗読活動を盛んにされています。詩はもともと口伝えから始まった、最初に人間の唇から誕生したものだということを思えば、すべての詩が朗読できるはずです。読者がだんだん少なくなっていると言われる現代詩ですが、これを盛んに朗読することによって、現在の苦境から救うことができると思いますか?

朗読によって現代詩を苦境から救うことはできないでしょう。文字メディア、音声メディアは互いに補い合うものですから、いい詩が書かれなければ朗読は通じ易い言葉の面白いパフォーマンスに傾き、そこではそれが詩であるかないかはさほど問題にならなくなると思います。ただ現代詩の「苦境」は、いい詩が書かれていないということだけにあるのではなく、この時代のいわゆるグローバルな文明のあり方そのものに理由があります。詩と詩でないものの境界はますます曖昧《あい》昧《まい》になっていますし、希薄になった詩は巷《ちまた》に溢れています。詩の「ポップ化」を避けるのは難しいと思いますが、それに抗してたとえ少数でも、詩の理想を追求する詩人たちがいることも必要です。

（二〇〇五年五月　杉並区と仙台市間の往復メールによる）

解説——世紀を乗り越える天才

田《ティアン》　原《ユアン》

（一）

谷川俊太郎が、現在、世界中で最も生き生きとした詩人で、最も重要な国際的影響力を持った詩人の一人であることは、既に疑いの無い事実となっているだろう。百年、いや、五百年後の読者も、その作品から、谷川俊太郎が世紀に跨《また》がる天才であることの根拠を見出せると思う。彼の詩は時間の推移につれて老朽化してしまうのではなく、逆に、深い時間の流れのなかで新生を得、更なる眩《まぶ》しい光芒《こうぼう》を放つはずである。

この全三巻のアンソロジーは、谷川俊太郎がこの半世紀余に書いた様式も風格もさまざまな詩を四百篇近く収録している。編者は、まる一年を費やして、谷川俊太郎の八十余冊の詩集や詩選集だけでなく、雑誌には発表したが単行本などには収録されなかったものも含めて、数千篇の作品から選んだ。既存のどの詩選集にもまして全面的な詩選集を目指した本書が、谷川俊太郎の「全体像」の輪郭を明確に捉えていることを願っている。

（二）

十年ほど前、たまたま機会があって、辞書を調べながら谷川俊太郎の作品を翻訳し始めた。初めて彼の詩を読んだ時の興奮は今もはっきり覚えている。その頃、中国の詩人や読者の日本現代詩についての認識は不正確であるばかりでなく、ある種の偏見さえあったといえる。つまり、その頃までは、日本現代詩人のテクストが中国当代詩人と読者の信頼を得たことはほとんどなかったのである。言い換えれば、中国読者にとって、偉大な日本現代詩人は存在していなかったし（中国における日本現代詩の空白は、翻訳の問題とともに歴史的、文化的背景とも関係しているが）、日本は現代詩の沙漠《さばく》だという誤解をも招いていた。二十世紀末、谷川俊太郎の作品を中国の雑誌で紹介したことの反響の大きさには、自分でも驚いている。中国の詩人と読者の日本現代詩に対する印象は大きく変化し、中国における日本現代詩の運命も大きく変えられた。要するに、日本現代詩は谷川俊太郎のおかげで中国の詩人および読者間で信頼を得ることができた、と言えよう。

谷川俊太郎の詩が中国で大いに共感を呼んだのは偶然ではない。それは、彼の奥深く雄大な詩精神や生き生きとした詩情と直結しているが、さらに作品の個性の強靭《きょうじん》さや独創性及び芸術的純粋さとも関係がある。谷川俊太郎は当代国際詩壇において普遍的意義（決して忘れ去られることなく生き続ける、という意で）を持つ珍しい詩人であり、思想的深みを持つ詩人でもある。ただし、その思想や深いポエジーは、その平易で簡潔で洗練された透明な詩句に隠されている。

今なお、私は、谷川詩との邂逅《かいこう》を幸いに思う。私は谷川俊太郎の詩に導かれて、その多彩な文学世界に入り、またそれによって日本現代詩の門をくぐったのだといえる。もしそういう契機がなければ、もし谷川詩が中国に上陸していなければ、日本現代詩が今の中国においてどのような「顔」をしているのかは、実に想像しがたい。

（三）

谷川詩によって、詩は孤立していないことを多くの人々が理解した。詩は、特別の人だけのものではなく、万人のものなのである。つまり、普通の人にも影響すること、プレヴェールのように。日本において、彼はさまざまな年齢層とさまざまな職業の読者を持っている。日本語以外の世界においても、多くの読者の共感を得ている。無論、その詩の魅力がそうさせたのである。それは、独自な言語感覚と感性の質に由来するものだし、彼の広い視野と豊かな想像力に由来するものである。ただ一つの手法を一生をかけて成熟させていく詩人と比べて、同時に多種多様な書き方を試みる谷川俊太郎は、北川透にいわせると「怪人百面相」のような一面を持っている。全体から見れば、彼の作品は大まかに二種類——言語本位と人間本位——に分けられると思う。童謡や言葉遊び歌シリーズ、それに歌詞と時事諷刺《ふうし》詩は「人間本位」、つまり一般的な読者向けの作品と理解していい。その他の作品はほとんど詩人としての純粋詩創作、即ち「言語本位」の作品と言える。それらの中には、イマジズム、シンボリズム、シュールリアリズム、リアリズムなどが絡み合っている。谷川俊太郎の作品を、学術的に何かの主義や流派、思潮で整理し規定するのはきわめて難しい。彼は何かの主義の追随者どころか、むしろ創造者である。その多元的テクストの風格と純粋で豊満な詩性の特質から、谷川俊太郎は、ずっと絶え間ない自己変化の中で、ある種の主義や手法に縛られるのを警戒し拒否するように努力しているのだ、ということが分かる。このことこそが、谷川俊太郎が絶えず変化の中で自己を否定し、自己を乗り越えることによって成長していく原動力であり、その作品が変化という哲学の中で更なる高い段階に邁進《まいしん》し、更なる高い芸術的レベルに至る根源的理由の一つである。

（四）

谷川詩の主題は数多いが秩序立っている。半世紀以来、彼の創作はほとんど人生と人間性、生命と生活をめぐって展開してきた。自然風景に内心を投影し、愛情と生死に対して絶えず考えを新たにし、個体意識と身体性を強調する、といった特質は彼の詩篇に思うがままに表現されてきた。感動・世界・沈黙などは、目に見えない音楽の糸に貫かれたかのように彼の作品を一貫したものにしている。各時期の谷川詩を通して読んでみれば分かるように、彼の創作理念は一度も動揺したことがない。戦後日本現代詩の発展において、谷川の創作は多くの時代潮流と理論の流れに干渉されていないばかりではなく、ほかの詩歌流派に影響された痕跡《こんせき》も見出されない。自分の創作理念に対する自信と堅守は成熟した詩人の印であろう。詩を書き始めた十代後半から最新の詩集『シャガールと木の葉』までの作品を読めば、谷川の創作活動は質、量ともに一定したレベルを保っていることがわかるだろう。以前私はこう書いたことがある。彼は量の変化によって質の変化を遂げたというような努力型・勤勉型の詩人ではない。また瞬間に才気を発揮し尽くしたような稲妻型の「短命」詩人ではないし、書けば書くほど文才が衰えるような詩人でもない。谷川俊太郎が十七歳未満と十九歳の時に同人誌〈豊多摩《とよたま》〉と〈金平糖《こんぺいとう》〉、商業雑誌〈詩学〉と〈文学界〉にそれぞれ作品を発表し、それから二十歳の時に処女詩集を刊行した、ということだけから考えるなら、神秘的な言い方だが、彼が詩人となったのはまるで既に前世で決められていたかのようだ。即ち彼は「生まれつきの詩人」である。その類《たぐい》の詩人は通常、詩作における先天的な感性が、環境などの後天的な総合要素より比重が大きいようだ。その先天的要素のため、われわれは谷川俊太郎をインスピレーション型の詩人と理解していいだろう(収録の書簡インタビューも参照されたし)。もちろん、無二の天才であっても、勤勉な思考や創作をしなければ、多産な詩人にはなれない。したがって、「谷川俊太郎＝天才＋勤勉」という等式がより適切なのではないかと思う。

谷川作品全体の特徴に基づいてまとめてみれば、次のようになる。a、自然・文化・精神が互いに引き立て合って重なること。b、絵画的抒情と彫刻的抒情の交替、言語空間と抒情空間および内在リズムと外在韻律との整合。c、人間に共通する、生きることへの悲劇的意識とよろこびとのアンチノミー。生死、愛憎、ユーモア、アイロニーによる弁証法。d、リリシズムと叙事性との融合。e、哲学・思想・感性・理性のバランス的処理。f、テクストの多元的空間——児童詩、娯楽的作品、一般読者と現代詩の先端に向かう作品——の形成。

年代順で谷川の作品を分けて考えれば、およそ次のようになる。五〇年代は本能の爆発期、六〇年代は純粋詩の創作、七〇年代は変容が芽生える時期、八〇年代は言語の変遷期、九〇年代は生命と現実に直視し回帰する時期、そして二十一世紀は昇華し結晶する時期である。今回のアンソロジー編集にあたって、この年代ごとの大きな流れを編者として強く意識したことも申し添えておく。

（五）

世界的に見ても谷川俊太郎は稀《まれ》な存在である。彼の創作は詩、エッセイ、脚本、歌詞、翻訳など多岐にわたる。半世紀にわたって重要な作品をたくさん書き残し、数多くの読者を持ち、ある詩集は数十回にわたって重版され、六十数万部まで売れている。こんな詩人は、どの国でも見つかりにくいだろう。それは勿論、彼が一貫して「ことば」の探索において最先端を走り、途切れることなく自我を更新しながら成長してきたことと、熟練した表現技術と巧みな日本語の言語感覚に拠《よ》っていると思う。彼の詩は日本文化の土壌に根を下ろしながら、ヨーロッパの文化的精髄を吸収したものでもある。東洋的でありながら、同時に、西洋的な気質を帯びている。懐疑の中で肯定をし、肯定の中で懐疑をする。そして、抽象から具象を抽出し、具象から抽象を呈する。平易な言葉で深意を表現し、簡潔な言葉で複雑を表現する。こうした要素が重なって、人間の精神生活全体に共通する困惑を表現し、純度の高い文学品質――品位の高さとその密度――を体現している。いかなる言語の読者であっても、谷川詩によって慰めを得ることができるだろう、と私は信じている。

谷川俊太郎は感覚を重視する詩人である。ノーベル文学賞受賞者のアイルランド詩人ヒーニーへの授賞理由の評言を借りるなら、「日常生活の中から非常に不思議な想像を取り出す」詩人でもある。その感覚の多くは彼の無意識の流れによって構築されている。彼の想像は彼独自の生活と生きる体験からもたらされた。彼の詩の言葉は「想像力で紡ぎ出された言葉」（オクタビオ・パス）である。彼の作品を読むと、日本語の豊かさを感じることができる。彼は自分なりの詩の言葉をもって「谷川流」の日本語を形成している。これらはいずれも、今後大いに研究に値する現象だろう。

（六）

時間は詩人の強敵。あらゆる詩人は時間の審査を受けなければならないし、時間の検証から逃げ出すこともできない。時の流れの前に、詩人の運命は二つしかない。埃《ほこり》に埋葬され時間の犠牲者になるか、時を征服してそれを支配する者になるかだ。谷川俊太郎は明らかに後者に属している。時間の前で、彼は日に日に自分の本来の姿に回帰し、日増しに自分の詩歌の本質を明らかにする。私から見れば、谷川俊太郎は決して老いていかない。その意味では、死は谷川の作品世界において一つの空洞的概念になっているからだ。たとえある日、彼がわれわれの目の前から去ったとしても、彼の詩歌の魂の声は大地に響き続ける。彼は過去と歴史に影響を与えただけではなく、時空を超えて現在と未来にも影響を与え続けるのだ。

谷川俊太郎の作品を読むことは、魂の洗礼を経験することであり、世紀を乗り越える天才と対話することであり、詩人の心の奥底に隠された巨大な沈黙を感じ取ることでもある。詩歌を灯火に喩《たと》えるならば、谷川詩の光は自然の光が届かないところまで照らしてくれるものだと思う。そして、自らの魂に潜む沈黙にもまた気づかされるのだ、と。

最後に、この三冊に収録した作品を選ぶ際に大切かつ多大なご意見をいただいたベテラン編集者の新福正武さんに感謝する。何かとご尽力くださった文庫編集部の武田和子さんにも謝意を表したい。この選詩集にお二人の努力が永遠に記憶されることを信じている。

あとがき

谷川俊太郎

私は何ひとつしていないのに、いつの間にか中国の雑誌に中国語に姿を変えた私の詩が掲載され、いつの間にかそれらが詩集にまとめられ、あれよあれよと言う間に私は何度も中国に招かれて、むこうの詩人たちと白い酒や黄色い酒を酌み交わし、ふと気がついてみると中国のインターネットに私の名前が列をなしているのでした。そんな信じられないような展開の仕掛け人、それがほかならぬこの選詩集の編者、田原さんです。

まだ学生だった田原さんに初めて会ってから、まだ十年そこそこではないでしょうか。いつも元気いっぱいで、メールと携帯を駆使して台風のように中日間を飛びまわり、酒は飲めないくせにきわどい話が好きで、ちょっと目を離した隙《すき》に素敵な女性と結婚して一児の父となり、その合間に（かどうか知りませんが）日本語で書いた詩集を出版し、私の作品を論じて文学博士になってしまいました。

私の父は哲学者でしたが美しいものが好きで、いわゆる古美術品を手に入れそれらを身近に置いて楽しむ人でした。その中でも宋や唐時代の人形、殷《いん》、周時代の玉（ぎょくと読みます）は私も大好きで、父が亡くなったいまも大事にとってあります。父はまた中国に何人かの友人がいて、そのひとりの学者の娘さんと私は幼いころから友達でした。陳真《ちんしん》さんというその女性は日本生まれ日本育ちでしたが、戦後中国に帰って北京放送の日本語アナウンサーになり、中国と日本の放送界をむすぶ重要人物となりました。

そんな個人的なかかわりもあって、子どものころから中国に私は他の外国とは違う親しみを感じていました。しかし私が中国という国の底知れない深さに肌身で触れるようになったのは、田原さんに連れられてかの地に渡り、詩人や編集者や作家たちとまじわり、また広大な国土を旅して人々の暮らしをこの目で見るようになってからです。

中国と日本のあいだには政治的にも経済的にも根の深い難しい課題が山積していて、詩がそういう課題の解決に直接に役立つことはないと思いますが、少なくとも私は田原さんのおかげで言語や文化や歴史観の違いを超える詩の力を、以前よりも強く信じるようになっています。この選詩集三巻は田原さんの発案、構想によって生まれ、いちいちお名前をあげませんが、集英社の編集、校正、出版にかかわる多くのかたがたの熱意によって形をなしました。私には感謝の言葉もありません。

田原さんが書いてくれた解説を読んでいると、そこに登場する谷川俊太郎はまるで私ではないようです。私はほんとに彼の言うような立派な仕事をしてきたのでしょうか。李白《りはく》を出典とする「白髪三千丈」式の少々誇張された表現は、たしかに詩人の武器のひとつですが、私の頭は五分刈りですから彼の褒め言葉はいささかくすぐったいのです。しかし、他国の詩人である私の書いたものを、ここまで広く深く読んでくれた田原さんは、詩人、学者である以前に私のかけがえのない友人になりました。野中柊さん、高橋源一郎さんからも、一巻、二巻にもったいないお言葉をいただいていきす。三人の友人の褒め殺しに近い評価に負けずに、読者がいる限り私はこれからもだらだらと詩を書き続けていくつもりです。この洒落た装丁の選詩集三巻は、私の詩を読んで下さる皆さんからの思いがけない贈り物のようにも思えるのです。

二〇〇五年七月

谷川俊太郎　年譜

田原／編

一九三一年（昭和6）

十二月十五日、東京信濃町の慶応病院で帝王切開手術により生まれる。哲学者・文芸評論家の父徹三（36歳）と母多喜子（34歳）のひとりっ子である。

一九三六年（昭和11）　5歳

高円寺にある聖心学園に入園。幼稚園で天国と地獄のあることを教わった、また西洋の神様に家族の健康を毎晩祈る。幼時から夏はほとんど浅間山麓の北軽井沢にある父の別荘で過ごす。このことが、感受性形成のひとつの核になるとともに、作品にある「自然風景」と「植物」の原点である。近隣に野上弥生子宅や岸田国士宅。

一九三八年（昭和13）　7歳

杉並第二小学校に入学。何度も級長をつとめたが学校が楽しかった記憶はない。模型飛行機作りや機械いじりを好む。音楽学校出身の母からピアノを学ぶ。

一九四四年（昭和19）　13歳

畑の中の校舎である都立豊多摩中学校に入学。

一九四五年（昭和20）　14歳

五月、空襲が激しくなった。高円寺の焼跡へ自転車で行き焼死体を見る。七月、京都府久世郡淀町の母方の祖父の屋敷に母と疎開。九月、京都府立桃山中学校へ転学。

一九四六年（昭和21） 15歳
三月、迎えにきた父と一緒に焼け残った杉並の家に帰る。豊多摩中学校（現・都立豊多摩高校）に復学。ベートーヴェンに夢中になる。

一九四八年（昭和23） 17歳
北川幸比古らの影響で詩作を始め、四月、復刊された〈豊多摩〉に「青蛙」他三篇を発表。十一月、ガリ版刷りの詩誌〈金平糖〉に「かぎ」と「白から黒へ」という二篇の八行詩を発表。

一九五〇年（昭和25） 19歳
学校嫌いが激化、度々教師に反抗する。父の本棚にあった本、『宮沢賢治童話集』などを熱心に読み始める。〈蛍雪時代〉や〈学燈〉などに詩を投稿。成績低下し、定時制に転学して卒業する。大学進学の意志は全くなくなっていた。十二月、三好達治の推薦で〈文学界〉に「ネロ他五篇」が掲載される。

一九五一年（昭和26） 20歳
二月、〈詩学〉の推薦詩人の欄に「山荘だより1・2・3」が掲載される。岩佐東一郎、城左門、安西冬衛などの詩に感銘を受ける。

一九五二年（昭和27） 21歳
六月、処女詩集『二十億光年の孤独』を創元社より刊行。

一九五三年（昭和28） 22歳
七月、詩誌〈櫂〉同人に参加。十二月、詩集『六十二のソネット』（一九五二年四月から一九五三年八月までの間に、書いた百篇あまりのソネットから選んだもの）を創元社より刊行。

一九五四年（昭和29） 23歳
六月から一九五六年一月まで、鮎川信夫と〈文章倶楽部〉の詩の選評を担当。詩人の

の岸田宅。

岸田衿子と結婚。新居は台東区谷中初音町

一九五五年（昭和30）　24歳

別居。西大久保の四畳半のアパートに転居。銭湯になじめず杉並の実家に風呂に入りに行く。ラジオ・ドラマを書き始める。

一九五六年（昭和31）　25歳

九月、自作の写真と詩の『絵本』を的場書房より刊行。十月、離婚。

一九五七年（昭和32）　26歳

九月、初のエッセイ集『愛のパンセ』を実業之日本社、『櫂詩劇作品集』（同人七人と寺山修司の作品を含む）を的場書房より刊行。新劇女優大久保知子と結婚して青山に転居。貯金をはたいて自動車シトロエン2CVを購入。

一九五八年（昭和33）　27歳

五月、『谷川俊太郎詩集』（解説＝長谷川四郎）を東京創元社より刊行。九月、父の敷地内に家（篠原一男設計）を建てる。

一九五九年（昭和34）　28歳

十月、評論集『世界へ！』を弘文堂より刊行。石原慎太郎、武満徹、山川方夫らとシンポジウム「発言」に参加。毎日新聞で大江健三郎らと対談。

一九六〇年（昭和35）　29歳

長男賢作誕生。三幕喜劇「お芝居はおしまい」（劇団四季上演）を書く。

一九六二年（昭和37）　31歳

一月から、〈週刊朝日〉に時事諷刺詩連載開始（翌年十二月まで。のちに『落首九十九』として刊行）。十二月、「月火水木金土日の歌」でレコード大賞作詞賞受賞。

一九六三年（昭和38）　32歳

長女志野（現在ニューヨーク在住）誕生。

二月、リオデジャネイロで謝肉祭を見物。

一九六四年（昭和39）　33歳

東京オリンピックの記録映画製作に参加。

一九六五年（昭和40）　34歳

一月、『谷川俊太郎詩集』（全詩集版）を思潮社より刊行。十一月、「鳥羽」シリーズを〈現代詩手帖〉に発表。私家版の絵本『しりとり』（絵＝和田誠）を刊行。

一九六六年（昭和41）　35歳

七月、ジャパンソサエティフェローとしてヨーロッパとアメリカを旅行。アムステルダムでフェルメールを初めて観る。

一九六七年（昭和42）　36歳

四月、帰国。記録映画『京』の脚本を書く。

一九六九年（昭和44）　38歳

五月、絵本『しのはきょろきょろ』（絵＝和田誠）をあかね書房より刊行。十一月、『現代詩文庫27　谷川俊太郎詩集』を思潮社より刊行。漫画『ピーナッツ』の翻訳を開始。万国博の政府館やみどり館などの企画、制作に参加。

一九七〇年（昭和45）　39歳

四月、アメリカに招かれ、ワシントンで開かれたアメリカ国会図書館主催の国際詩祭に参加。

一九七一年（昭和46）　40歳

三月～五月、田村隆一、片桐ユズルらとアメリカ各地で詩朗読旅行。七月、家族とともにヨーロッパ旅行。十二月、〈櫂〉同人らと連詩の創作活動を開始。

一九七二年（昭和47）　41歳

四月、『谷川俊太郎詩集　日本の詩集17』を角川書店より刊行。八月～九月、ミュンヘン・オリンピックを観に行き、記録映画『時よとまれ君は美しい』で、市川崑監督のオムニバス部分の脚本を書く。十一月、『ことばのえほん1・2・3』（絵＝堀内誠一）をひかりのくにより刊行。

一九七三年（昭和48）　42歳

市川崑監督作品『股旅』の脚本執筆に参加。十一月、〈ユリイカ〉臨時増刊「谷川俊太郎による谷川俊太郎の世界」を青土社より刊行。

一九七四年（昭和49）　43歳

十二月、渋谷ジァンジァンにて粟津潔、林光ら友人と月一回の対談シリーズを翌年にかけて行なう。父徹三との対談を含む対談集『対談』をすばる書房盛光社より刊行。

一九七五年（昭和50）　44歳

五月、大岡信との対談集『詩の誕生』をエッソ・スタンダード石油広報部より、六月、初の英訳詩集『WITH SILENCE MY COMPANION』（W・I・エリオットと川村和夫訳）がPrescott Street Pressより刊行。『マザー・グースのうた1・2・3』（絵＝堀内誠一・草思社）により日本翻訳文化賞受賞。

一九七六年（昭和51）　45歳

二月、小室等とLP『いま生きていること』をつくる。絵本『わたし』（絵＝長新太）を福音館書店より刊行。『マザー・グースのうた4・5』を草思社より刊行。詩集『定義』と『夜中に台所でぼくはきみに話しかけたかった』に与えられた高見順賞を辞退。

一九七七年（昭和52）　46歳

六月、ロッテルダムで開かれた「ポエトリー・インタナショナル77」に参加。波瀬満子らと「ことばあそびの会」設立に参加。八月、『新選谷川俊太郎詩集』を思潮社より刊行。九月、大岡信との対談集『批評の生理』をエッソ・スタンダード石油広報部より刊行。

一九七八年（昭和53）　47歳

四月、志野、アメリカ留学。テレビ番組「ルーブル美術館」の脚本を書く。九月、LP『ことばとあそぼう』を監修。

一九七九年（昭和54）　48歳

七月、母多喜子入院。

一九八〇年（昭和55）　49歳
七月、チャールズ・シュルツ宅を訪ねる。
一九八一年（昭和56）　50歳
三月、賢作結婚。四月、テレビ番組「カラヤンとベルリンフィル」の企画と構成に参加。十月、『わらべうた』（絵＝森村玲）を集英社より刊行。
一九八二年（昭和57）　51歳
四月、写真集『SOLO』をダゲレオ出版より刊行。ギャルリーワタリにて写真展、ビデオ作品「Mozart, Mozart!」を会場で公開。八月、絵本『せんそうごっこ』（絵＝三輪滋）をばるん舎より刊行。
一九八三年（昭和58）　52歳
二月、『日々の地図』で読売文学賞受賞。五月、寺山修司死去、弔詩を読む。六月、寺山修司との「ビデオ・レター」完成。七月、演劇集団円上演台本「どんどこどん」を書く。
一九八四年（昭和59）　53歳
二月、母多喜子死去。十月、アメリカ各地で詩朗読旅行。楠勝範とビデオ雑誌〈いまじん〉を創刊。
一九八五年（昭和60）　54歳
八月、北欧旅行。十一月、ニューヨークの国際詩委員会に招かれ、吉増剛造らと朗読旅行。同月、詩集『よしなしうた』で現代詩花椿賞受賞。
一九八六年（昭和61）　55歳
三月、「いつだって今だもん」を演劇集団円が上演。六月、ギリシャ旅行。九月、父徹三とパリ、バルセロナ、アムステルダムを巡る。
一九八七年（昭和62）　56歳
一月、自作ビデオ「NUHS・AV」の市販を開始。三月、「いつだって今だもん」で斎田喬戯曲賞受賞。十月〜十一月、W・I・エリオットや川村和夫らとニューヨークで朗読会、引き続き大岡信らと西ベルリンで連詩創作に参加、チューリッヒで朗読会。
一九八八年（昭和63） 57歳
五月〜十月、カセットブック『谷川俊太郎、自作を読む』（1・2・3）を草思社より順次刊行。十月、『はだか』（絵＝佐野洋子）で野間児童文芸賞受賞。十一月、『いちねんせい』で小学館文学賞受賞。十二月、詩集『メランコリーの川下り』を思潮社とPrescott Street Pressより日米同時刊行。
一九八九年（平成元） 58歳
三月、連詩『ファザーネン通りの縄ばしご』を岩波書店より刊行。九月、父徹三死去。十月、離婚。
一九九〇年（平成2） 59歳
四月、『だれ？』（絵＝井上洋介）を講談社より刊行。五月、佐野洋子と結婚。九月、作家同盟の招待により、高良留美子らとロシア、エストニア旅行。十月、大岡信とフランクフルトで連詩創作に参加。続いてフランス、モロッコを旅行。
一九九一年（平成3） 60歳
三月〜四月、ホノルルとニューヨークに滞在。八月、国際比較文学会での連詩創作に参加。十月、白石かずこらとイングランド、ウェールズ、スコットランド各地で朗読と連詩創作。
一九九二年（平成4） 61歳
三月、『女に』で丸山豊記念現代詩賞受賞。六月、ロッテルダム国際詩祭に参加。九月、関東ポエトリー・セミナー、ダブリン朗読会に参加。その後、南仏を旅行。
一九九三年（平成5） 62歳
三月、エルサレム国際詩祭に参加。四月、ロンドン、サウス・バンク・センターでの詩朗読会に参加。六月、チューリッヒ日本祭の一環として、大岡信と共にスイスの詩人らと連詩創作。十月、『世間知ラズ』で第一回萩原朔太郎賞受賞。十一月、仏のヴァル・ドゥ・マルヌ国際ビエンナーレに佐々木幹郎らと参加。

一九九四年（平成6）　63歳

六月、バリ島旅行。九月、ネパール観光。十月、トロント国際作家祭に参加。十一月、編著『母の恋文』を新潮社より刊行。

一九九五年（平成7）　64歳

一月〜五月、前橋文学館で「谷川俊太郎展」が開催される。一月、詩集『モーツァルトを聴く人』（別売自作朗読CD付）を小学館より刊行。三月、ハワイ旅行。十一月、ロスアンゼルス観光。

一九九六年（平成8）　65歳

一月、朝日賞受賞。二月、武満徹死去。長男賢作のバンドDIVAと演奏・朗読を始める。四月、大江健三郎らとの対談集『日本語と日本人の心』を岩波書店より刊行。七月、離婚。十二月、カトマンズで佐々木幹郎と共に地元の詩人らと朗読会。

一九九七年（平成9）　66歳

一月、バース旅行。九月〜十月、DIVAと九州、関西、北海道をまわる。

一九九八年（平成10）　67歳

三月、DIVAとアメリカ東海岸でコンサートツアーと朗読・録音旅行。五月、シドニー作家祭に参加。十月、上海、蘇州、北京を旅行。十一月、ロンドン国際詩祭、アルダバラ詩祭に参加。英語版の詩選集で英国のSasakawa財団翻訳賞受賞。

一九九九年（平成11）　68歳

七月、インド旅行。九月、瀋陽、北京、重慶、昆明、上海ほか中国各地で詩人たちと交流。ヘブライ語詩集『女に』（A・Takahashi とAmir Or訳）がイスラエルで刊行。

二〇〇〇年（平成12）　69歳

四月、デンマーク語訳選詩集刊行を機に、

コペンハーゲンで朗読、マルメ国際詩祭に参加。十月、『谷川俊太郎全詩集』（CD-ROM版）を岩波書店より刊行。大岡信、高橋順子らとロッテルダムでの日蘭連詩発表に参加。

二〇〇一年（平成13） 70歳
三月、大連、北京、上海で中国の詩人らと交流。七月～八月、アメリカ旅行。

二〇〇二年（平成14） 71歳
一月、『詩集』（六冊の詩集収録）を思潮社より刊行。四月～五月、南アフリカ・ダーバンでの「ポエトリーアフリカ」に参加。六月、中国語版の『谷川俊太郎詩選』（田原訳）を作家出版社より発刊、七月、北京大学で開かれた「谷川俊太郎詩歌シンポジウム」に参加。その後、昆明、上海など各地の詩人らと交流。十月、『minimal』（W・I・エリオット、川村和夫による英訳併録）を思潮社より刊行。十一月、大岡信らと静岡連詩に参加。

二〇〇三年（平成15） 72歳
三月、国際交流基金の招きにより、賢作と共にケルン、ベルリン、リガ、パリで朗読演奏旅行。三月～十月、池袋ジュンク堂書店で「谷川俊太郎書店」の店長をつとめる。

二〇〇四年（平成16） 73歳
一月、二冊目の中国語版『谷川俊太郎詩選』（田原訳）を河北教育出版社より刊行。

二〇〇五年（平成17） 74歳
三月、中国語版『谷川俊太郎詩選』で第二回「21世紀鼎鈞双年文学賞」受賞、北京で行なわれた授賞式に出席。五月、詩集『シャガールと木の葉』を集英社より刊行。六月～七月、コロンビア・メデジンでの国際詩祭に参加。

谷川俊太郎著書目録

田原／編

詩集名のあとに＊印のあるものは選詩集または全詩集であることを示す。
共著、編著、絵本、翻訳等は代表的なものにとどめ、再刊本は省いた。

■一九五〇年代

詩集

『二十億光年の孤独』 創元社　一九五二年六月
『六十二のソネット』 創元社　一九五三年十二月
『愛について』 東京創元社　一九五五年十月
『絵本』（写真＝著者） 的場書房　一九五六年九月
『谷川俊太郎詩集　ポエム・ライブラリイ』＊（解説＝長谷川四郎） 東京創元社　一九五八年五月

単行本

『愛のパンセ』（エッセイ集） 実業之日本社　一九五七年九月
『櫂詩劇作品集』（櫂同人及び寺山修司との共著） 的場書房　一九五七年九月
『世界へ！』（評論集） 弘文堂　一九五九年十月

■一九六〇年代

詩集

『あなたに』東京創元社　一九六〇年四月
『21　現代日本詩集5』思潮社　一九六二年九月
『落首九十九』朝日新聞社　一九六四年九月
『谷川俊太郎詩集』＊思潮社　一九六五年一月
『日本語のおけいこ　うたのほん』（作曲＝寺島尚彦、服部公一、小林秀雄、林光、いずみ・たく、芥川也寸志、磯部俶、真鍋理一郎、湯浅譲二、絵＝長新太）理論社　一九六五年七月
『谷川俊太郎詩集　日本の詩人17』＊（解説＝石原慎太郎）河出書房　一九六八年五月
『旅』（詩画集／画＝香月泰男）求龍堂　一九六八年十一月
『谷川俊太郎詩集Ⅰ』＊（解説＝大岡信）角川文庫　一九六八年十二月［のち『空の青さをみつめていると　谷川俊太郎詩集Ⅰ』に改題　一九八五年八月］
『谷川俊太郎詩集　現代詩文庫27』＊（作品論＝北川透、詩人論＝武満徹）思潮社　一九六九年十一月

単行本

『アダムとイブの対話』（エッセイ集）実業之日本社　一九六二年九月
『花の掟』（ショートショート集）理論社　一九六七年四月
『愛の詩集　世界の詩人12』（編著）河出書房　一九六八年一月

絵本・童話

『しりとり』（絵＝和田誠）私家版　一九六五年十一月
『けんはへっちゃら』（絵＝和田誠）あかね書房　一九六五年十二月

『しのはきょろきょろ』（絵＝和田誠）あかね書房　一九六九年五月

翻訳

『あしながおじさん』（作＝J・ウェブスター、絵＝長新太）河出書房　一九六七年十一月

『スイミー』（作、絵＝レオ・レオニ）日本パブリッシング　一九六九年四月

『せかいいちおおきなうち』（作、絵＝レオ・レオニ）日本パブリッシング　一九六九年四月

『フレデリック』（作、絵＝レオ・レオニ）日本パブリッシング　一九六九年四月

『かみさまのほん』（作＝フローレンス・メアリ・フィッチ、絵＝レオナード・ワイスガード）福音館書店　一九六九年十一月

『ピーナッツ・ブックス』（全32巻／作、絵＝チャールズ・M・シュルツ／新口孝雄、徳重あけみとの共訳）鶴書房　一九六九年十一月～一九七一年

■一九七〇年代

詩集

『うつむく青年』山梨シルクセンター出版部　一九七一年九月

『谷川俊太郎詩集　日本の詩集17』＊角川書店　一九七二年四月

『ことばあそびうた』（絵＝瀬川康男）福音館書店　一九七三年十月

『空に小鳥がいなくなった日』サンリオ出版　一九七四年五月

『ひとりの部屋』（絵＝渋谷育由）千趣会　一九七四年十一月

『定義』思潮社　一九七五年九月

『夜中に台所でぼくはきみに話しかけたかった』青土社　一九七五年九月

『誰もしらない　現代日本童謡詩全集3』（作曲＝寺島尚彦、宅孝二、冨田勲、中田喜直、林光、小林秀雄、湯山昭、服部公一、磯部俶、諸井誠、いずみ・たく、湯浅譲二、大中恩、絵＝杉浦範茂）国土社　一九七六年二月
『由利の歌』（絵＝長新太、山口はるみ、大橋歩）すばる書房　一九七七年八月
『谷川俊太郎詩集　新選現代詩文庫104』＊（詩人論＝寺田透、坂上弘、作品論＝鶴見俊輔）思潮社　一九七七年八月［のち『続・谷川俊太郎詩集　現代詩文庫108』に増補　一九九三年六月］
『タラマイカ偽書残闕』書肆山田　一九七八年九月
『質問集　草子8』書肆山田　一九七八年九月
『谷川俊太郎詩集　続』＊思潮社　一九七九年二月
『櫂・連詩』（櫂同人との共著）思潮社　一九七九年六月
『そのほかに』集英社　一九七九年十一月

単行本

『散文』（エッセイ集）晶文社　一九七二年十一月
『対談』（谷川徹三ら14人との対談集）すばる書房盛光社　一九七四年十二月
『詩の誕生』（大岡信との対談集）エッソ・スタンダード石油広報部　一九七五年五月
『谷川俊太郎の33の質問』（対談集）出帆社　一九七五年十二月
『三々五々』（エッセイ集）花神社　一九七七年六月
『批評の生理』（大岡信との対談集）エッソ・スタンダード石油広報部　一九七七年九月
『魂にメスはいらない』（河合隼雄との対談集）朝日出版社　一九七九年三月
『谷川俊太郎エトセテラ』（エッセイ集）大和書房　一九七九年十一月

『童謡・唱歌集　日本の詩28』（編著）集英社　一九七九年十二月

絵本・童話

『まるのおうさま』（絵＝粟津潔）福音館書店　一九七一年二月
『ワッハワッハハイのぼうけん』（絵＝和田誠）講談社　一九七一年十一月
『ことばのえほん』（全3巻／1ぴよぴよ／2かっきくけっこ／3あっはっは／絵＝堀内誠一）
ひかりのくに　一九七二年十一月
『わたし』（絵＝長新太）福音館書店　一九七六年二月
『こっぷ』（写真＝今村昌昭）福音館書店　一九七六年四月
『あな』（絵＝和田誠）福音館書店　一九七六年十一月
『もこもこ』（絵＝元永定正）文研出版　一九七七年四月
『せかいはひろし』（絵＝和田誠）あかね書房　一九七八年十月
『あいうえおっとせい』（絵＝白根美代子）さ・え・ら書房　一九七八年十二月
『これはのみのぴこ』（絵＝和田誠）サンリード　一九七九年四月
『えをかく』（絵＝長新太）講談社　一九七九年八月
『よるのびょういん』（写真＝長野重一）福音館書店　一九七九年九月

翻訳

『ぼくどこからきたの?』（文＝ピーター・メイル、絵＝アーサー・ロビンス）河出書房　一九七四年十月
『さかなはさかな』（作、絵＝レオ・レオニ）好学社　一九七五年四月
『ひとあしひとあし』（作、絵＝レオ・レオニ）好学社　一九七五年四月

『マザー・グースのうた』（全5巻別巻1／絵＝堀内誠一）草思社　一九七五年七月〜一九七七年十一月
『バーニンガムのちいさいえほん』（全8巻／1ゆき／2もうふ／3がっこう／4いぬ／5ともだち／6ともだち／7うさぎ／8あかちゃん／作、絵＝ジョン・バーニンガム）冨山房　一九七六年六月
『ふしぎなバイオリン』（作、絵＝クェンティン・ブレイク）岩波書店　一九七六年九月
『ペツェッティーノ』（作、絵＝レオ・レオニ）好学社　一九七八年三月
『ここにいたい！　あっちへいきたい！』（作、絵＝レオ・レオニ）好学社　一九七八年十一月
『はまべにはいしがいっぱい』（作、絵＝レオ・レオニ）ペンギン社　一九七九年七月
『ストーリーナンバー』（全4巻／文＝ウージェーヌ・イヨネスコ、絵＝エチエンヌ・ドゥレセール、フィッリプ・コランタン、ニコル・クラヴルー）角川書店　一九七九年九月〜十一月
『そんなときなんていう？』（文＝セシル・ジョスリン、絵＝モーリス・センダック）岩波書店　一九七九年十一月

■一九八〇年代

詩集

『地球へのピクニック』（絵＝長新太）教育出版センター新社　一九八〇年九月
『コカコーラ・レッスン』思潮社　一九八〇年十月
『ことばあそびうた　また』（絵＝瀬川康男）福音館書店　一九八一年五月
『わらべうた』（絵＝森村玲）集英社　一九八一年十月

『わらべうた　続』（絵＝森村玲）集英社　一九八二年三月
『みみをすます』（絵＝柳生弦一郎）福音館書店　一九八二年六月
『日々の地図』集英社　一九八二年十一月
『どきん』（絵＝和田誠）理論社　一九八三年二月
『谷川俊太郎　現代の詩人9』＊（鑑賞＝大岡信）中央公論社　一九八三年三月
『対詩　1981.12.24〜1983.3.7』（正津勉との共著）書肆山田　一九八三年六月
『スーパーマンその他大勢』（絵＝桑原伸之）グラフィック社　一九八三年十二月
『手紙』集英社　一九八四年一月
『日本語のカタログ』思潮社　一九八四年十一月
『詩めくり』マドラ出版　一九八四年十二月
『よしなしうた』青土社　一九八五年五月［のちW・I・エリオットと川村和夫による英訳を増補した国際版『よしなしうた』青土社　一九九一年六月］
『朝のかたち　谷川俊太郎詩集II』＊（編、解説＝北川透）角川文庫　一九八五年八月
『日本の詩　谷川俊太郎』＊（藤富保男編）ほるぷ出版　一九八五年十月
『いちねんせい』（絵＝和田誠）小学館　一九八八年一月
『谷川俊太郎、自作を読む』＊（カセットブック全3巻）草思社　一九八八年五月〜十月
『はだか』（絵＝佐野洋子）筑摩書房　一九八八年七月
『メランコリーの川下り』（W・I・エリオットと川村和夫による英訳付き）思潮社　一九八八年十二月［プレスコット・ストリート・プレス社から日米同時出版］
『ファザーネン通りの縄ばしご　ベルリン連詩』（大岡信らとの共著／福沢啓臣、E・クロッペン

シュタイン訳／朗読テープ付）岩波書店　一九八九年三月
単行本
『谷川俊太郎の［現代詩相談室］』（トーク集）角川書店　一九八〇年二月
『暖炉棚上陳列品一覧　日本のライト・ヴァース1』（編著／絵＝長新太）書肆山田　一九八〇年十二月
『アルファベット26講』（ショートショート集）出帆新社　一九八一年七月
『祝婚歌』（編著）書肆山田　一九八一年七月
『やさしさを教えてほしい』（対談集）朝日出版社　一九八一年九月
『自分の中の子ども』（対談集）青土社　一九八一年十月
『遊びの詩　詩のおくりもの6』（編著）筑摩書房　一九八一年十月
『ものみな光る』（対談集）青土社　一九八二年一月
『SOLO』（写真集）ダゲレオ出版　一九八二年四月
『ナンセンス・カタログ』（和田誠との共著）大和書房　一九八二年六月
『ONCE　1950〜1959』（エッセイ集）出帆新社　一九八二年八月
『わらべうた　上』（編著／絵＝堀内誠一）冨山房　一九八二年十一月
『おばけリンゴ』（子どものための創作戯曲／原作＝ヤノーシュ）新水社　一九八二年十二月
『わらべうた　下』（編著／絵＝堀内誠一）冨山房　一九八三年一月
『詩と世界の間で』（大岡信との往復書簡）思潮社　一九八四年三月
『世界なぞなぞ大事典』（柴田武、矢川澄子との共編著）大修館書店　一九八四年六月
『入場料八八〇円ドリンクつき』（佐野洋子との共著）白泉社　一九八四年十一月

『ことばを中心に』（エッセイ集）草思社　一九八五年五月
『現代詩入門』（対談集）中央公論社　一九八五年八月
『「ん」まであるく』（エッセイ集）草思社　一九八五年十一月
『理想的な朝の様子　続谷川俊太郎の33の質問』（対談集）リブロポート　一九八六年二月
『谷川俊太郎対談集Ⅰ』冬芽社　一九八七年八月
『子どもが生きる　ことばが生きる　詩の授業』（竹内敏晴、稲垣忠彦らとの共著）国土社　一九八八年六月
『「にほんご」の授業』（竹内敏晴、稲垣忠彦、佐藤学らとの共著）国土社　一九八九年六月
『谷川俊太郎対談集Ⅱ』冬芽社　一九八九年十二月

絵本・童話

『ほうすけのひよこ』（絵＝梶山俊夫）銀河社　一九八〇年十月
『わたし』（絵＝長新太）福音館書店　一九八一年九月
『しんすけくん』（写真＝大久保千広）サンリード　一九八二年三月
『ひとり』（絵＝三輪滋）ばるん舎　一九八二年七月
『せんそうごっこ』（絵＝三輪滋）ばるん舎　一九八二年八月
『ふたごのき』（写真＝姉崎一馬）書房「樹」　一九八二年八月
『おばあちゃん』（絵＝三輪滋）ばるん舎　一九八二年九月
『いっぽんの鉛筆のむこうに』（写真＝坂井信彦ほか、絵＝堀内誠一）福音館書店　一九八五年四月
『あしたのあ・あなたのア　ことばがうまれる』（絵＝梶山俊夫）太郎次郎社　一九八六年六月

『えもじ』（絵＝堀内誠一）福音館書店　一九八七年十月

翻訳

『スヌーピー全集』（全10巻別巻1／作、絵＝チャールズ・M・シュルツ）角川書店　一九八〇年十二月〜一九八一年六月

『ベンのトランペット』（作、絵＝レイチェル・イザドラ）あかね書房　一九八一年十一月

『マッチ売りの少女アルメット』（作、絵＝トミー・アンゲラー）集英社　一九八二年十二月

『ペンギンのペンギン』（作＝デニス・トラウト、絵＝トム・カレンバーグ）リブロポート　一九八三年二月

『マザー・グース』（全4巻／絵＝和田誠）講談社　一九八四年十二月〜一九八五年二月

『おじいちゃん』（作、絵＝ジョン・バーニンガム）ほるぷ出版　一九八五年八月

『画家』（作、絵＝M・B・ゴフスタイン）ジー・シー・プレス　一九八六年三月

『作家』（作、絵＝M・B・ゴフスタイン）ジー・シー・プレス　一九八六年三月

『ブルッキーのひつじ』（作、絵＝M・B・ゴフスタイン）ジー・シー・プレス　一九八九年八月

『きたかぜとピオ』（作、絵＝アラン・バルトマン）福武書店　一九八九年九月

『ゆくゆく　あるいてゆく　とちゅう』（作、絵＝エチエンヌ・ドゥレセール）ほるぷ出版　一九八九年十一月

■一九九〇年代

詩集

『かぼちゃごよみ』（絵＝川原田徹）福音館書店　一九九〇年十月

『魂のいちばんおいしいところ』サンリオ　一九九〇年十二月
『気晴らし神籤』（クリス・モズデルとの共著）マガジンハウス　一九九一年二月
『女に』（絵＝佐野洋子）マガジンハウス　一九九一年三月
『詩を贈ろうとすることは』集英社　一九九一年五月
『二十億光年の孤独』（増補新版）サンリオ　一九九二年十月
『これが私の優しさです　谷川俊太郎詩集』＊（解説＝栗原敦、鑑賞＝さくらももこ）集英社文庫　一九九三年一月
『十八歳』（絵＝沢野ひとし）東京書籍　一九九三年四月
『子どもの肖像』（写真＝百瀬恒彦）紀伊國屋書店　一九九三年四月
『世間知ラズ』思潮社　一九九三年五月
『続続・谷川俊太郎詩集　現代詩文庫109』＊（作品論＝荒川洋治、佐々木幹郎、詩人論＝辻征夫、佐野洋子）思潮社　一九九三年七月
『ふじさんとおひさま』（絵＝佐野洋子）童話屋　一九九四年一月
『モーツァルトを聴く人』（自作朗読CD付きセット別売）小学館　一九九五年一月
『旅』（増補新版／W・I・エリオット、川村和夫による英訳、吉増剛造との対話、『旅』評ほかを収録した別冊付）思潮社　一九九五年二月
『TRAVELER／日々　五つの主題による相互翻訳の試み』（W・I・エリオット、川村和夫との共著）ミッドナイト・プレス　一九九五年二月
『真っ白でいるよりも』集英社　一九九五年五月
『クレーの絵本』（絵＝パウル・クレー）講談社　一九九五年十月

『いしっころ　美しい日本の詩歌6』＊（絵＝中山智介、北川幸比古編）岩崎書店　一九九五年十一月
『青は遠い色』（絵＝堀本恵美子）玲風書房　一九九六年四月
『やさしさは愛じゃない』（写真＝荒木経惟）幻冬舎　一九九六年七月
『谷川俊太郎詩集』＊（編、解説＝ねじめ正一、エッセイ＝中島みゆき）ハルキ文庫　一九九八年六月
『みんな　やわらかい』（絵＝広瀬弦）大日本図書　一九九九年十月

単行本

『三角宇宙』（吉本ばなな、高田宏との鼎談集）青龍社　一九九〇年一月
『声でたのしむ美しい日本の詩』（大岡信との共同編集・全2巻、〈和歌・俳句篇〉・〈近・現代詩篇〉、カセットブック）岩波書店　一九九〇年六月
『能・狂言』（別役実との共著）講談社　一九九三年二月
『これは見えないものを書くエンピツです』（楠かつのりとの共著）フィルムアート社　一九九三年六月
『二十歳の詩集』（編著）新書館　一九九三年六月
『母の恋文　谷川徹三・多喜子の手紙』（編著）新潮社　一九九四年十一月
『世界ことわざ大事典』（柴田武、矢川澄子との共編著）大修館書店　一九九五年六月
『ふたつの夏』（佐野洋子との共著）光文社　一九九五年七月
『日本語と日本人の心』（大江健三郎、河合隼雄との共著）岩波書店　一九九六年四月
『アラマ、あいうえお！』（波瀬満子との共著）太郎次郎社　一九九六年六月

『こんな教科書あり？　国語と社会科の教科書を読む』（斎藤次郎、佐藤学との共著）岩波書店　一九九七年十二月
『谷川俊太郎　ヴァラエティブック「こ・ん・に・ち・は」』マガジンハウス　一九九九年七月
『北の時間』（対談集／友田多喜雄編）響文社　一九九九年十月

絵本・童話

『これはおひさま』（絵＝大橋歩）福音館書店　一九九〇年四月
『だれ？』（絵＝井上洋介）講談社　一九九〇年四月
『動物たちのカーニバル』（絵＝広瀬弦）評論社　一九九〇年五月
『かさをささないシランさん』（アムネスティ・インターナショナルとの共作、絵＝いせひでこ）理論社　一九九一年三月
『ままです　すきです　すてきです』（絵＝タイガー立石）福音館書店　一九九二年二月
『考えるミスター・ヒポポタムス』（絵＝広瀬弦）マガジンハウス　一九九二年九月
『いろはうた』（絵＝和田誠）いそっぷ社　一九九七年三月
『よるのようちえん』（絵、写真＝中辻悦子）福音館書店　一九九八年五月
『これはあっこちゃん』（絵＝薙野たかひろ）ビリケン出版　一九九九年一月

翻訳

『マルセランとルネ』（作＝ジャン・ジャック・サンペ）リブロポート　一九九一年一月
『大事なことはみーんな猫に教わった』（スージー・ベッカー著）飛鳥新社　一九九一年十二月
『どんなもんだい！』（作、絵＝ホセ・アルエゴ）童話屋　一九九三年九月
『ロバート・ブライ詩集』（金関寿夫との共訳）思潮社　一九九三年十月

『まよなかごっこ』（作、絵＝クヴィエタ・パツォウスカー）太平社　一九九三年十一月
『ちいさな1』（作＝アン・ランド、ポール・ランド）ほるぷ出版　一九九四年三月
『あるげつようびのあさ』（作＝ユリ・シュルヴィッツ）徳間書店　一九九四年十月
『とっときのとっかえっこ』（文＝サリー・ウィットマン、絵＝カレン・ガンダーシーマー）童話館　一九九五年三月
『コートニー』（作、絵＝ジョン・バーニンガム）ほるぷ出版　一九九五年八月
『にじいろのさかな』（作、絵＝マーカス・フィスター）講談社　一九九五年十一月
『ピーナッツ・エッセンス』（全15巻／作、絵＝チャールズ・M・シュルツ）講談社　一九九六年四月～十月
『しずかでにぎやかなほん』（作＝マーガレット・ワイズ・ブラウン、絵＝レナード・ワイスガード）童話館出版　一九九六年九月
『おばあちゃんのはこぶね』（作、絵＝M・B・ゴフスタイン）すえもりブックス　一九九六年十一月
『新枕本エロティック聖歌』（詩＝クリス・モズデル／寺田理栄との共訳）リブロポート　一九九七年一月
『木はえらい　イギリス子ども詩集』（川崎洋との共編訳）岩波書店　一九九七年四月
『くものこどもたち』（作、絵＝ジョン・バーニンガム）ほるぷ出版　一九九七年四月
『雌牛の幽霊　The ghost of a cow』（金関寿夫詩集／遊牧民との共訳）思潮社　一九九七年七月

■二〇〇〇年以後

詩集

『クレーの天使』（絵＝パウル・クレー）講談社　二〇〇〇年十月
『谷川俊太郎全詩集』＊（CD-ROM版）岩波書店　二〇〇〇年十月
『詩集』＊思潮社　二〇〇二年一月
『minimal』（W・I・エリオット、川村和夫による英訳付）思潮社　二〇〇二年十月
『はるかな国からやってきた　谷川俊太郎詩集』＊童話屋　二〇〇三年二月
『夜のミッキー・マウス』新潮社　二〇〇三年九月
『シャガールと木の葉』集英社　二〇〇五年五月
『谷川俊太郎詩選集』＊（全3巻／田原編）集英社文庫　二〇〇五年六月〜八月
『谷川俊太郎詩集　いまぼくに』＊（絵＝香月泰男、水内喜久雄編）理論社　二〇〇五年七月

単行本

『家族はどこへいくのか』（河合隼雄、山田太一との鼎談集）岩波書店　二〇〇〇年三月
『魂のみなもとへ』（長谷川宏との共著）近代出版　二〇〇一年九月
『詩ってなんだろう』（詩とエッセイ）筑摩書房　二〇〇一年十月
『愛ある眼　父・谷川徹三が遺した美のかたち』（編著）淡交社　二〇〇一年十月
『ひとり暮らし』（エッセイ集）草思社　二〇〇一年十二月
『風穴をあける』（エッセイ集）草思社　二〇〇二年一月
『声の力　歌・語り・子ども』（河合隼雄、阪田寛夫、池田直樹との共著）岩波書店　二〇〇二年四月

『こころに届く授業』（河合隼雄との共著） 小学館　二〇〇二年十二月
『日本語を生きる』（高橋源一郎、平田俊子との創作集） 岩波書店　二〇〇三年二月
『谷川俊太郎《詩》を語る』（対談集／田原、山田兼士との共著） 澪標　二〇〇三年六月
『祝魂歌』（編著） ミッドナイト・プレス　二〇〇三年七月
『谷川俊太郎《詩》を読む』（対談集／田原、山田兼士との共著） 澪標　二〇〇四年十月

絵本・童話
『そしたらそしたら』（絵＝柚木沙弥郎） 福音館書店　二〇〇〇年五月
『んぐまーま』（絵＝大竹伸朗） クレヨンハウス　二〇〇三年十一月
『かいてかいて』（絵＝和田誠） クレヨンハウス　二〇〇三年十一月
『おにいちゃん、死んじゃった　イラクの子どもたちとせんそう』（絵＝イラクの子どもたち） 教育画劇　二〇〇四年二月
『あさ』（写真＝吉村和敏） アリス館　二〇〇四年七月
『きのこ　森の妖精』（写真＝藤澤寿） 新潮社　二〇〇四年十月
『とこてく』（絵＝奥山民枝） クレヨンハウス　二〇〇四年十月
『ぽぱーぺ　ぽぴぱっぷ』（絵＝岡崎乾二郎） クレヨンハウス　二〇〇四年十一月
『ゆう』（写真＝吉村和敏） アリス館　二〇〇四年十一月
『月人石　乾千恵の書の絵本』（写真＝川島敏生） 福音館書店　二〇〇五年一月

翻訳
『オリビア…ときえたにんぎょう』（作、絵＝イアン・ファルコナー） あすなろ書房　二〇〇一年十一月

『ザガズー』（作、絵＝クエンティン・ブレイク）好学社　二〇〇二年十一月
『てん』（作、絵＝ピーター・レイノルズ）あすなろ書房　二〇〇四年一月
『悲しい本』（作＝マイケル・ローゼン、絵＝クェンティン・ブレイク）あかね書房　二〇〇四年十二月

■雑誌特集

「現代詩手帖」特集「谷川俊太郎」思潮社　一九七三年六月
「ユリイカ」臨時増刊「谷川俊太郎による谷川俊太郎の世界」青土社　一九七三年十一月
「現代詩手帖」臨時増刊「谷川俊太郎」思潮社　一九七五年十月
「月刊絵本」特集「谷川俊太郎の絵本」すばる書房　一九七七年一月
「ユリイカ」特集「谷川俊太郎の世界」青土社　一九七九年九月
「國文学」特集「谷川俊太郎　私は言葉を休ませない」學燈社　一九八〇年十月
「季刊飛ぶ教室」特集「谷川俊太郎の仕事」光村図書　一九八五年八月
「現代詩読本　谷川俊太郎のコスモロジー」思潮社　一九八八年七月
「現代詩手帖」特集「谷川俊太郎の新地点」思潮社　一九八八年十一月
「鳩よ！」特集「谷川俊太郎」マガジンハウス　一九九一年三月号
「現代詩手帖」特集「いま、谷川俊太郎を読む」思潮社　一九九三年七月
「國文学」特集「谷川俊太郎　言葉の素顔を見たい」學燈社　一九九五年十一月
「谷川俊太郎展図録　谷川俊太郎」前橋文学館　一九九六年一月
「鳩よ！」特集「絵本作家　谷川俊太郎」マガジンハウス　二〇〇〇年八月

「現代詩手帖」特集「いまこそ谷川俊太郎」思潮社　二〇〇二年五月

■外国語訳詩集

"WITH SILENCE MY COMPANION"（trans. by W. I. Elliott & K. Kawamura）Prescott Street Press 1975

"AT MIDNIGHT IN THE KITCHEN I JUST WANTED TO TALK TO YOU"（trans. by W. I. Elliott & K. Kawamura）Prescott Street Press 1980

"THE SELECTED POEMS OF SHUNTARO TANIKAWA"（trans. by H. Wright）North Point Press 1983

"COCA-COLA LESSONS"（trans. by W. I. Elliott & K. Kawamura）Prescott Street Press 1986

"VIER SCHARNIERE MIT ZUNGE"（trans. by Hiroomi Fukuzawa & Eduard Klopfenstein）Verlag Klaus G. Renner 1988［H. C. Artmann, Makoto Ōoka, Oskar Pastior との連詩］

"FLOATING THE RIVER IN MELANCHOLY"（trans. by W. I. Elliott & K. Kawamura）Prescott Street Press/思潮社 1988［『メランコリーの川下り』日米同時出版］

"ŠUNTARÓ TANIKAWA POLUDNIE DUŠE"（trans. by Katarína Mikulová, Mila Haugová & Fumiko Kuwahara）Kruh Milovníkov Poézie 1988［スロバキア語訳選詩集］

PICKNICK AUF DER ERDKUGEL（trans. by E. Klopfenstein）Insel Verlag 1990［ドイツ語訳選詩集］

"SONGS OF NONSENSE"（trans. by W. I. Elliott & K. Kawamura）青土社　一九九一年六

月［『よしなしうた』の日英両語版］
“62 SONNETS & DEFINITIONS”（trans. by W. I. Elliott & K. Kawamura）Katydid Books 1992
“NAKED”（trans. by W. I. Elliott & K. Kawamura）Stone Bridge Press/Saru Press International 1996［『はだか』の日本語（ローマ字表記）と英語両語版］
“TWO BILLION LIGHT-YEARS OF SOLITUDE”（trans. by W. I. Elliott & K. Kawamura）北星堂書店　一九九六年五月［『二十億光年の孤独』の日英両語版］
“MAP OF DAYS”（trans. by H. Wright）Katydid Books 1996
“SHUNTARO TANIKAWA Selected Poems”（trans. by W. I. Elliott & K. Kawamura）Carcanet Press 1998/Persea Books 2001
“לאשה To a Woman”（trans. by Akiko Takahashi & Amir Or）Modan Publishing House/Tel-Aviv 1999［『女に』のヘブライ語訳］
“LOOKING DOWN”（trans. by Y. Yaguchi & G. Tyeryar）響文社　二〇〇〇年二月［『うつむく青年』の日英両語版・朗読CD付］
“BEAT AF AEBLER OG ANDRE DIGTE”（trans. by Susanne Jorn）Borgens Forlag 2000［デンマーク語選詩集］
『谷川俊太郎詩選』（田原訳）作家出版社　二〇〇二年六月
『谷川俊太郎詩選』（田原訳）河北教育出版社　二〇〇四年一月
“ШИНТАРО ТАНИКАВАГИЙН ЯРУУ НАЙРГИЙН ТҮҮВЭР”（trans. by Sendoo Hadaa）2003［モンゴル語訳選詩集］

“ON LOVE”（trans. by W. I. Elliott & K. Kawamura）港の人　二〇〇三年五月〔『愛について』の日英両語版〕

“LES ANGES DE KLEE”（trans. by Dominique Palme）Absteme Bobance 2004〔『クレーの天使』の日仏両語版〕

“THE NAIF”（trans. by W. I. Elliott & K. Kawamura）Katydid Books 2004

“LISTENING”（trans. by W. I. Elliott & K. Kawamura）響文社　二〇〇四年十二月〔『みみをすます』の日英両語版、絵＝長新太〕

“GIVING PEOPLE POEMS”（trans. W. I. Elliott & K. Kawamura）SARU/Katydid Books 2005

収録詩集一覧

『メランコリーの川下り』思潮社　1988年12月
『魂のいちばんおいしいところ』サンリオ　1990年12月
『女に』（絵＝佐野洋子）マガジンハウス　1991年３月
『詩を贈ろうとすることは』集英社　1991年５月
『子どもの肖像』（写真＝百瀬恒彦）紀伊國屋書店　1993年４月
『世間知ラズ』思潮社　1993年５月
『ふじさんとおひさま』（絵＝佐野洋子）童話屋　1994年１月
『モーツァルトを聴く人』小学館　1995年１月
『真っ白でいるよりも』集英社　1995年５月
『クレーの絵本』（絵＝パウル・クレー）講談社　1995年10月
『やさしさは愛じゃない』（写真＝荒木経惟）幻冬舎　1996年7月
『みんな　やわらかい』（絵＝広瀬弦）大日本図書　1999年10月
『クレーの天使』（絵＝パウル・クレー）講談社　2000年10月
『minimal』思潮社　2002年10月
『夜のミッキー・マウス』新潮社　2003年９月
『シャガールと木の葉』集英社　2005年５月

「単行詩集未収録詩篇」の各初出

　春の臨終　『散文』晶文社　1972年11月
　ニンジンの栄光　「文藝春秋」1990年12月号
　誰にもせかされずに　「脳死・臓器移植」を考えるシンポジウムで朗読　1994年10月８日
　詩の書き方　「青春と読書」1995年５月号
　夏が来た　『ふたつの夏』（佐野洋子との共著）光文社　1995年７月
　ひとつの呪文　柿沼和夫写真集『顔　美の巡礼』ティビーエス・ブリタニカ　2002年11月
　詩人への「？」『詩と思想　詩人集2003』土曜美術社出版販売　2003年12月
　（からだ）「広告批評」2004年３月号
　煉瓦頌　「東京人」2004年７月号
　コヨーテ　「COYOTE」創刊号　2004年８月
　詩人の亡霊　「明治の森」第２号　2004年10月
　青いピラミッド　初出未詳

編者略歴　田　原《ティエンユアン》（Tian Yuan）
1965年11月10日中国河南省生まれ。91年5月来日留学。2003年『谷川俊太郎論』で文学博士号取得。現在、東北大学で教鞭をとる。中国版『谷川俊太郎詩選』を二冊翻訳出版したほか、北園克衛など日本の現代詩人作品を翻訳。中国語、英語による詩集で、中国、アメリカ、台湾などで詩の文学賞を受賞している。2001年第1回「留学生文学賞」（旧ボヤン賞）受賞。2004年日本語で書かれた詩集『そうして岸が誕生した』を刊行。

「谷川俊太郎詩選集」について

◎本作品集は、谷川俊太郎のすべての詩集（2005年5月現在）から詩篇を編んだ、文庫オリジナルの全3巻の選集である。
◎収録作品は編者田原が択び、原則として各詩集の刊行年順・詩集収録順に配置した。ただし、『十八歳』は作品制作時の年代に位置する場所へ収めた。
◎詩作品のほかに「あとがき」を収めたものもある。
◎校訂は、各初版本を底本とした。ただし、拗促音は並字を小文字にし、誤植等は著者了解のもとに訂正した。
◎文庫化にさいして、底本のルビ（振り仮名）は生かし、難読と思われる漢字には著者の校閲を得て新たにルビを加えた。ただし、幼児のための絵本詩集のルビははずしたものがある。
◎常用漢字・人名用漢字の旧字体は新字体にあらため、その他は原則として正字体とした。
◎初版本を底本とする本選集は、今日ではその表現に配慮する必要のある語句を含むものもあるが、差別を助長する意味で使用されていないことなどを考慮し、すべて作品発表時のままとした。

集英社文庫

谷川俊太郎詩選集《たにかわしゅんたろうしせんしゅう》 3

2005年 8 月25日　第 1 刷
2024年12月18日　第 6 刷

定価はカバーに表示してあります。

著　者　谷川俊太郎《たにかわしゅんたろう》

編　者　田《ティエン》　原《ユアン》

発行者　樋口尚也

発行所　株式会社　集英社
東京都千代田区一ツ橋2-5-10　〒101-8050
電話　【編集部】03-3230-6095
　　　【読者係】03-3230-6080
　　　【販売部】03-3230-6393(書店専用)

印　刷　中央精版印刷株式会社　株式会社美松堂

製　本　中央精版印刷株式会社

フォーマットデザイン　アリヤマデザインストア　　マークデザイン　居山浩二

ISBN978-4-08-747854-9 C0192